**Agatha Christie
(1890-1976)**

AGATHA CHRISTIE é a autora mais publicada de todos os tempos, superada apenas por Shakespeare e pela Bíblia. Em uma carreira que durou mais de cinquenta anos, escreveu 66 romances de mistério, 163 contos, dezenove peças, uma série de poemas, dois livros autobiográficos, além de seis romances sob o pseudônimo de Mary Westmacott. Dois dos personagens que criou, o engenhoso detetive belga Hercule Poirot e a irrepreensível e implacável Miss Jane Marple, tornaram-se mundialmente famosos. Os livros da autora venderam mais de dois bilhões de exemplares em inglês, e sua obra foi traduzida para mais de cinquenta línguas. Grande parte da sua produção literária foi adaptada com sucesso para o teatro, o cinema e a tevê. *A ratoeira*, de sua autoria, é a peça que mais tempo ficou em cartaz, desde sua estreia, em Londres, em 1952. A autora colecionou diversos prêmios ainda em vida, e sua obra conquistou uma imensa legião de fãs. Ela é a única escritora de mistério a alcançar também fama internacional como dramaturga e foi a primeira pessoa a ser homenageada com o Grandmaster Award, em 1954, concedido pela prestigiosa associação Mystery Writers of America. Em 1971, recebeu o título de Dama da Ordem do Império Britânico.

Agatha Mary Clarissa Miller nasceu em 15 de setembro de 1890 em Torquay, Inglaterra. Seu pai, Frederick, era um americano extrovertido que trabalhava como corretor da Bolsa, e sua mãe, Clara, era uma inglesa tímida. Agatha, a caçula de três irmãos, estudou basicamente em casa, com tutores. Também teve aulas de canto e piano, mas devido ao temperamento introvertido não seguiu carreira artística. O pai de Agatha morreu quando ela tinha onze anos, o que a aproximou da mãe,
A paixão por conhecer o mu
até o final da vida.

Em 1912, Agatha conheceu Archibald Christie, seu primeiro esposo, um aviador. Eles se casaram na véspera do Natal de 1914 e tiveram uma única filha, Rosalind, em 1919. A carreira literária de Agatha – uma fã dos livros de suspense do escritor inglês Graham Greene – começou depois que sua irmã a desafiou a escrever um romance. Passaram-se alguns anos até que o primeiro livro da escritora fosse publicado. *O misterioso caso de Styles* (1920), escrito próximo ao fim da Primeira Guerra Mundial, teve uma boa acolhida da crítica. Nesse romance aconteceu a primeira aparição de Hercule Poirot, o detetive que estava destinado a se tornar o personagem mais popular da ficção policial desde Sherlock Holmes. Protagonista de 33 romances e mais de cinquenta contos da autora, o detetive belga foi o único personagem a ter o obituário publicado pelo *The New York Times*.

Em 1926, dois acontecimentos marcaram a vida de Agatha Christie: a sua mãe morreu, e Archie a deixou por outra mulher. É dessa época também um dos fatos mais nebulosos da biografia da autora: logo depois da separação, ela ficou desaparecida durante onze dias. Entre as hipóteses figuram um surto de amnésia, um choque nervoso e até uma grande jogada publicitária. Também em 1926, a autora escreveu sua obra-prima, *O assassinato de Roger Ackroyd*. Este foi seu primeiro livro a ser adaptado para o teatro – sob o nome *Álibi* – e a fazer um estrondoso sucesso nos teatros ingleses. Em 1927, Miss Marple estreou como personagem no conto "O Clube das Terças-Feiras".

Em uma de suas viagens ao Oriente Médio, Agatha conheceu o arqueólogo Max Mallowan, com quem se casou em 1930. A escritora passou a acompanhar o marido em expedições arqueológicas e nessas viagens colheu material para seus livros, muitas vezes ambientados em cenários exóticos. Após uma carreira de sucesso, Agatha Christie morreu em 12 de janeiro de 1976.

Agatha Christie

O CAVALO AMARELO

Tradução de ROGÉRIO BETTONI

www.lpm.com.br

L&PM POCKET

Coleção **L&PM** POCKET, vol. 1093

Texto de acordo com a nova ortografia.
Título original: *The Pale Horse*

Primeira edição na Coleção **L&PM** POCKET: maio de 2013
Esta reimpressão: março de 2022

Tradução: Rogério Bettoni
Capa: designedbydavid.co.uk © HarperCollins/Agatha Christie Ltd. 2008
Preparação: Viviane Borba
Revisão: Marianne Scholze

CIP-Brasil. Catalogação na Fonte
Sindicato Nacional dos Editores de Livros, RJ.

C479c

Christie, Agatha, 1890-1976
O Cavalo Amarelo / Agatha Christie; tradução de Rogério Bettoni. – Porto Alegre, RS: L&PM, 2022.
   256 p. : 18 cm   (Coleção L&PM POCKET; v. 1093)

Tradução de: *The Pale Horse*
ISBN 978-85-254-2820-2

1. Ficção policial inglesa. I. Bettoni, Rogério, 1978-. II. Título. III. Série.

13-0496.   CDD: 823
                            CDU: 821.111-3

The Pale Horse Copyright © 1961 Agatha Christie Limited. All rights reserved.
AGATHA CHRISTIE and the Agatha Christie Signature are registered trade marks of Agatha Christie Limited in the UK and elsewhere. All rights reserved.
www.agathachristie.com

Todos os direitos desta edição reservados a L&PM Editores
Rua Comendador Coruja, 314, loja 9 – Floresta – 90220-180
Porto Alegre – RS – Brasil / Fone: 51.3225.5777

PEDIDOS & DEPTO. COMERCIAL: vendas@lpm.com.br
FALE CONOSCO: info@lpm.com.br
www.lpm.com.br

Impresso no Brasil
Verão de 2022

Sumário

Prefácio 9
Capítulo 1 11
Capítulo 2 24
Capítulo 3 35
Capítulo 4 44
Capítulo 5 61
Capítulo 6 72
Capítulo 7 83
Capítulo 8 94
Capítulo 9 97
Capítulo 10 108
Capítulo 11 116
Capítulo 12 126
Capítulo 13 136
Capítulo 14 145
Capítulo 15 156
Capítulo 16 163
Capítulo 17 170
Capítulo 18 186
Capítulo 19 200
Capítulo 20 209
Capítulo 21 214
Capítulo 22 224
Capítulo 23 234
Capítulo 24 242
Capítulo 25 248

*Para John e Helen Mildmay White.
Muito obrigada por me darem a oportunidade de
ver a justiça sendo feita*

Prefácio

Sinto que existem dois métodos de encarar o estranho caso do Cavalo Amarelo. Apesar do que disse o Rei, é difícil chegar à simplicidade. Não se pode, por assim dizer, "começar pelo começo, chegar ao fim e parar", pois nem sempre sabemos onde está o começo.

Para o historiador, esta é a dificuldade: saber de que ponto deve-se começar a relatar uma história.

Neste caso, podemos começar no momento em que o padre Gorman saiu da casa paroquial para visitar uma moribunda. Ou, antes disso, numa certa noite em Chelsea.

Como sou eu que escrevo a maior parte da narrativa, talvez deva começar nesse momento.

Mark Easterbrook

Capítulo 1

Narrativa de Mark Easterbrook

I

A máquina de expresso atrás de mim sibilou como uma serpente ameaçada. O barulho que fez trazia essa impressão sinistra, para não dizer diabólica. Pensei que talvez a maioria dos sons que fazemos carregue um significado: o grito assustador e raivoso dos aviões a jato enquanto rasgam o céu; o estrondo aterrador do metrô quando se aproxima da saída de um túnel; as carretas que passam pela estrada e chacoalham os alicerces das casas... até os mínimos ruídos domésticos da vida moderna, por mais benéficos que sejam, trazem consigo uma espécie de alerta: lavadoras de louça, geladeiras, panelas de pressão, aspiradores de pó.

"Cuidado", parecem dizer. "Sou um gênio ao seu dispor, mas se não conseguir me controlar..."

Um mundo perigoso, nada mais.

Mexi a xícara espumante e senti o aroma agradável.

– Deseja mais alguma coisa? Um sanduíche de bacon com banana?

Me pareceu uma combinação estranha. Bananas eu associava à minha infância, ou flambadas com açúcar e rum. Bacon, na minha cabeça, tinha uma ligação muito forte com ovos. Mas, quando em Chelsea, faça como os chelseanos. Resolvi aceitar o sanduíche de banana com bacon.

Apesar de morar havia três meses em Chelsea, continuava sendo um estranho no bairro. Eu estava escrevendo um livro sobre certos aspectos da arquitetura mongol, e para isso não faria diferença morar em Hampstead, Bloomsbury, Streatham ou Chelsea. Eu não precisava conhecer muito do que me cercava, exceto o necessário para exercer o ofício; além disso, não tinha interesse em conhecer a vizinhança. Vivia em um mundo só meu.

Nessa noite em especial, no entanto, senti aquela repulsa que os escritores bem conhecem.

A arquitetura mongol, os imperadores mongóis, o estilo de vida mongol e todos os problemas fascinantes que ele suscitava; de repente tudo virou um monte de cinzas. O que significavam? O que eu queria escrever sobre tudo isso?

Voltei várias páginas, reli o que tinha escrito. Tudo me parecia discrepante e ruim, uma escrita pobre, desprovida de interesse. Estava certo o sujeito (Henry Ford?) que disse que a "história é uma grande mentira".

Empurrei o manuscrito com certa repulsa, levantei-me e olhei o relógio: quase onze horas da noite. Tentei lembrar se eu tinha jantado... pelos sinais do meu corpo, achei que não. Sim, lembrei-me de ter almoçado no Athenaeum. Mas já fazia algum tempo.

Fui até a geladeira e encontrei um resto de bife ressecado, que não me despertou o menor apetite. Foi então que caminhei até a King's Road, acabei entrando em uma cafeteria chamada Luigi, cujo letreiro escrito em neon vermelho brilhava do lado de fora da janela, e agora apreciava um sanduíche de banana com bacon enquanto pensava nos sinistros significados dos ruídos da vida moderna e seus efeitos.

Os barulhos tinham algo em comum com as memórias da minha infância sobre pantomima. O senhor dos mares surgindo de repente envolto em nuvens de fumaça. Alçapões e janelas que exalavam os poderes malignos do inferno, desafiando e afrontando uma boa fada, que sacudia uma varinha esquisita e recitava, em um tom de voz monótono, palavras enfadonhas sobre o triunfo do bem. Em seguida, cantava a inevitável "canção do momento", que nada tinha a ver com a história daquela pantomima.

De repente veio-me a ideia de que o mal talvez fosse necessariamente mais comovente do que o bem. Ele *tinha* de aparecer, chocar, desafiar! Era a instabilidade atacando a estabilidade. E eu achava que a estabilidade sempre venceria no final. A estabilidade pode sobreviver à trivialidade da boa fada; a voz monótona, os versos rimados, até a irrelevância do refrão das canções do momento. Talvez parecessem armas fracas, mas elas sempre venciam no final. E a pantomima acabaria sempre da mesma forma: o elenco surge em ordem descendente de idade, sendo que a boa fada, exibindo a virtude cristã da humildade, procura não ser nem a primeira, nem a última, e sim estar lá pelo meio, caminhando lado a lado do seu último oponente, que já não aparenta ser o demônio que cospe fogo e cheira a enxofre, e sim um homem de calças vermelhas.

Escutei a máquina de expresso sibilar de novo. Levantei a mão pedindo mais uma xícara e olhei ao redor. Minha irmã sempre me acusava de não observar nem perceber o que acontecia à minha volta. "Você vive num mundo próprio", dizia ela, acusando-me. Agora, consciente do fato, comecei a observar o desenrolar das coisas. Era quase impossível não ler nos jornais, todos os dias, uma nota ou outra sobre a clientela das cafeterias de Chelsea; era a chance que eu tinha de fazer minha própria avaliação da vida contemporânea.

Estava bem escuro na cafeteria, o que dificultava a visão. Quase todos os clientes eram jovens. A julgar pela aparência, diria que fazem parte de uma nova geração nada convencional. As garotas tinham a aparência suja, mas todas me parecem assim hoje. Também achei que estavam agasalhadas demais. Percebi isso algumas semanas antes quando saí para jantar com uns amigos. A garota sentada perto de mim devia ter uns vinte anos. O restaurante estava quente, mas ela usava uma blusa de lã amarela, saia e meias de lã pretas e o suor escorria pelo rosto e pingava no prato. Ela fedia a suor misturado com lã e cabelo sem lavar. Meus amigos a acharam muito atraente, mas eu não! Minha única reação foi a vontade de jogá-la em uma banheira de água quente e mandar que se esfregasse com um sabonete! Isso só mostra o quanto eu estava alheio ao momento. Talvez porque morei no exterior durante muito tempo. Lembro-me com prazer das mulheres indianas, do movimento ritmado de seus corpos enquanto caminhavam, da beleza e da graciosidade dos cabelos negros anelados, das cores vivas dos sáris...

Fui tirado desses pensamentos agradáveis pelo barulho, que aumentou. Duas jovens sentadas na mesa ao lado começaram a discutir. Os rapazes que estavam com elas tentaram em vão apaziguar os ânimos.

De repente, começaram os gritos. Uma delas deu um tapa no rosto da outra; esta puxou a primeira da cadeira e a briga se transformou em uma troca de insultos histérica. Uma era ruiva, de cabelos desgrenhados; a outra, loura de cabelos lisos.

Não entendi o motivo da briga, só as ofensas. As outras mesas gritavam e vaiavam.

– Isso mesmo! Acabe com ela, Lou!

O proprietário do bar, acho que Luigi, um sujeito esguio, de costeletas e aparência italiana, veio separar a briga falando com um sotaque típico da periferia londrina.

– Chega, parem com isso! Já pra rua! A polícia está chegando, parem, já disse!

Mas a loura pegou a ruiva pelos cabelos e puxou enquanto gritava com raiva:

– Sua puta, roubando homem dos outros!

— Puta é você!

Luigi e os dois acompanhantes, envergonhados, apartaram a briga. Havia vários tufos de cabelo ruivo entre os dedos da loura. Ela levantou a mão sorridente e soltou os fios no chão.

Um policial vestido de azul abriu a porta, parou na entrada e botou ordem na casa majestosamente:

— Mas o que está havendo aqui?

Imediatamente, formou-se uma barreira diante do inimigo.

— Só estávamos nos divertindo – disse um dos rapazes.

— Só amigos se divertindo, nada de mais – disse Luigi, enquanto empurrava com o pé os tufos de cabelo para debaixo da mesa mais próxima. As adversárias se olharam e trocaram um sorrisinho falso.

O policial olhou ao redor, desconfiado.

— Já estávamos indo embora – disse a loura, com uma voz suave. – Venha, Doug.

Coincidentemente, várias pessoas também foram saindo sob o olhar ameaçador do policial. Os olhos dele diziam que deixaria passar dessa vez, mas que ficaria atento, e se afastou devagar.

O rapaz que estava com a ruiva pagou a conta.

— Está tudo bem? – perguntou Luigi para ela, que arrumava um lenço na cabeça. – Lou fez muito mal em arrancar seus cabelos desse jeito.

— Não doeu – respondeu ela, com um sorriso. – Desculpe a bagunça, Luigi.

Todos foram saindo, e o bar ficou praticamente vazio. Procurei dinheiro trocado no bolso.

— Muito bacana essa moça – disse Luigi em tom de aprovação enquanto a porta se fechava. Pegou uma vassoura e varreu os tufos de cabelo ruivo para trás do balcão.

— Deve ter doído – disse eu.

– Eu teria gritado, se fosse comigo – admitiu Luigi. – Mas ela é muito bacana, a Tommy.

– Você a conhece bem?

– Ela vem aqui quase todas as noites. Tuckerton, o nome dela, Thomasina Tuckerton. Mas todos a chamamos de Tommy Tucker. É podre de rica. Herdou uma fortuna do pai e o que fez? Veio para Chelsea, mora numa espelunca a meio caminho da Wandsworth Bridge e anda por aí com esse bando fazendo sempre a mesma coisa. Não sei como, mas quase todos eles têm grana. Podiam morar onde quisessem, ficar nos hotéis mais caros, mas parece que a curtição é viver desse jeito. Vá entender!

– Você faria diferente?

– Claro, eu tenho a cabeça no lugar – disse Luigi. – Mas seja como for, meu lucro vem do dinheiro deles.

Levantei-me para sair enquanto perguntava qual fora o motivo da briga.

– Tommy começou a se encontrar com o namorado da outra. Não acho que o sujeito valha uma briga dessas.

– Não é o que a outra pensa – disse eu.

– Ah, mas Lou é muito romântica – disse Luigi, querendo justificar.

Não era bem o que eu considerava um romance, mas preferi não dizer nada.

II

Mais ou menos uma semana depois, meus olhos se depararam com uma nota de falecimento no *The Times*.

TUCKERTON. Faleceu no dia 2 de outubro no Hospital de Fallowfield, Amberley. Thomasina Ann, 20 anos, filha única do falecido Thomas Tuckerton, de

Carrington Park, Amberley, Surrey. Funeral particular. Pede-se não enviar flores.

III

Nada de flores para a pobre Tommy Tucker, e nada de se divertir mais nas noites de Chelsea. De repente, fui tomado por uma efêmera compaixão pelas Tommy Tuckers de hoje. Mas acabei me perguntando como sabia que minha visão quanto a elas era correta. Quem era eu para dizer que a vida delas era um desperdício? Talvez o desperdício fosse a *minha* vida, de um intelectual imerso em livros, isolado do mundo. Vida de segunda mão. Sejamos honestos, será que *eu* estava aproveitando a vida? Não estava acostumado a essa ideia. A verdade é que eu não queria esse estilo de vida. Mas será que não devia tê-lo? Fiquei com a dúvida, desconhecida e não muito bem-vinda.

Tirei Tommy Tucker da cabeça e comecei a olhar a correspondência.

A principal vinha da minha prima Rhoda Despard, pedindo-me um favor. Resolvi fazê-lo, pois não estava no clima de trabalho aquela manhã e precisava de uma boa desculpa para procrastinar.

Fui até a King's Road, parei um táxi e pedi que me levasse à casa de uma amiga, a sra. Ariadne Oliver, famosa escritora de romances policiais.

Milly, a eficiente governanta, cuidava para que a sra. Oliver não fosse incomodada por adversidades. Ergui as sobrancelhas em sinal de dúvida, ao que Milly anuiu de maneira incisiva:

– É melhor subir imediatamente, sr. Mark – disse. – Ela está com um humor péssimo hoje. Talvez sua presença ajude-a a melhorar.

Subi dois lances de escadas, bati levemente na porta e entrei sem receber ordem. O escritório da sra. Oliver era amplo, decorado com papéis de parede de pássaros exóticos aninhados em uma vegetação tropical. A sra. Oliver, aparentemente beirando a insanidade, andava de um lado para outro, resmungando sozinha. Virou a cabeça para mim rapidamente, sem muito interesse, e continuou andando. Olhava perdidamente pelas paredes, às vezes para o lado de fora da janela, e em alguns momentos fechava os olhos no que parecia ser um espasmo de dor profunda.

– Mas por que – perguntou a sra. Oliver ao universo –, por que o idiota não diz de uma vez que *viu* a cacatua? Seria impossível não vê-la! Mas *se* ele disser, acabará com tudo. Deve ter um jeito... deve ter...

Ela suspirava, passava os dedos pelos cabelos curtos e grisalhos e apertava-os de maneira frenética. De repente, fixou o olhar em mim e disse:

– Olá, Mark. Estou ficando louca. – E continuou reclamando. – E tem também a Monica. Quanto melhor a trato, mais irritante ela fica... que garota estúpida e presunçosa, essa Monica. Monica... Não, acho que escolhi o nome errado. Nancy? Não seria melhor Joan? Ou Anne, que também é muito comum. Susan? Conheci uma Susan. Lucia? *Lucia*? Acho que consigo *imaginar* uma Lucia. Cabelos ruivos, gola rulê, meias pretas... sim, meias-calças pretas.

Esse lampejo de alegria logo foi ofuscado pelo problema da cacatua, e a sra. Oliver voltou a andar de um lado pelo outro, distraída, pegando coisas ao léu sobre a mesa e depois colocando-as em outro lugar. Colocou com cuidado o estojo dos óculos dentro de uma caixa envernizada, onde já tinha um leque chinês, deu um longo suspiro e disse:

– Que bom que é você!

– Obrigado.

– Podia ser qualquer pessoa, uma dessas imbecis querendo que eu monte um bazar, ou o representante do seguro-saúde que Milly não quer contratar de jeito nenhum, ou o encanador, mas aí seria muita sorte, não? Ou ainda alguém querendo me entrevistar, fazendo as mesmas perguntas de sempre. Por que começou a escrever, quantos livros já publicou, você ganha muito dinheiro? etc. etc. Nunca sei o que responder e fico me sentindo uma idiota. Não que algo disso importe, mas acho que estou enlouquecendo com essa coisa da cacatua.

– Não está tomando forma? – eu disse amavelmente. – Acho melhor eu ir embora.

– Não, não vá! De qualquer modo, você me distrai.

Aceitei o ambíguo elogio.

– Quer um cigarro? – perguntou ela com uma vaga receptividade. – Deve ter em algum lugar. Olhe na tampa da máquina de escrever.

– Eu tenho, obrigado. Quer um? Ah, esqueci, você não fuma.

– Nem bebo – disse a sra. Oliver. – Mas gostaria. Como aqueles detetives norte-americanos que sempre têm uma garrafa de uísque na gaveta. Parece resolver todos os problemas. Sabe, Mark, realmente não entendo como alguém pode sair impune de um assassinato na vida real. Sinto que a partir do momento em que se comete um assassinato, tudo fica muito óbvio.

– Que nada, você mesma já resolveu vários deles.

– No mínimo 55 – disse a sra. Oliver. – A parte do assassinato é simples e fácil, difícil é encobrir o crime. Digo, qual o motivo para ser qualquer outra pessoa, *menos* você? O criminoso chama muita atenção.

– Não no texto publicado – disse eu.

– E isso me custa muito caro – disse a sra. Oliver, misteriosamente. – Diga o que quiser, mas não é fácil colocar cinco ou seis pessoas no mesmo lugar em que outra é assassinada, sendo que todas as cinco ou seis tinham um motivo para cometer o crime, a não ser que a vítima seja extremamente desagradável e ninguém se importe se ela foi morta ou não, nem se importe com quem cometeu o crime.

– Entendo o que quer dizer – disse eu. – Mas se já conseguiu lidar tão bem com 55 crimes, conseguirá fazer mais uma vez.

– É o que vivo repetindo para mim mesma e nunca consigo acreditar, por isso estou tão agoniada – disse ela, puxando violentamente os cabelos depois de agarrá-los mais uma vez.

– Pare! – gritei. – Vai acabar arrancando o próprio cabelo!

– Claro que não – disse a sra. Oliver. – Meu cabelo é forte. Se bem que, quando tive uma febre altíssima por causa do sarampo, aos catorze anos, meu cabelo caiu todo aqui na frente. Uma vergonha. E demorou seis meses para crescer de novo. Foi terrível, adolescentes se importam muito com esse tipo de coisa. Pensei nisso ontem quando fui visitar Mary Delafontaine na clínica. O cabelo dela estava caindo igualzinho ao meu. Ela disse que teria de comprar peruca quando melhorasse. Acho que não deve crescer muito quando chegamos aos sessenta.

– Outro dia vi uma moça arrancar os cabelos de outra – disse eu. Sabia que na minha voz havia uma pitada de orgulho por ter presenciado um acontecimento real.

– Tem frequentado bons lugares ultimamente, não? – perguntou a sra. Oliver.

– Eu estava numa cafeteria em Chelsea.

– Sei, *Chelsea* – respondeu ela. – Acho que tudo acontece em Chelsea. Beatniks, sputniks, geração beat. Não costumo escrever muito sobre quem mora lá porque tenho medo de não dar muito certo. É mais seguro nos limitarmos ao que conhecemos.

– Por exemplo?

– Gente que viaja em cruzeiros e fica em hotéis, ou o que acontece em hospitais, conselhos municipais, feirinhas, festivais de música... ou ainda moças fazendo compras, faxineiras, encontros de senhoras, rapazes e garotas que viajam o mundo, vendedoras – e interrompeu a fala, sem fôlego.

– É, parece ser uma gama bem ampla de opções – eu disse.

– Mesmo assim, preciso vivenciar uma dessas cafeterias em Chelsea, você devia me levar – disse ela, desejosa.

– Quando quiser. Hoje à noite?

– Não, hoje não. Estou muito ocupada, ou escrevendo ou preocupada por não conseguir escrever. Isso é o que mais cansa em ser escritora, é tudo muito cansativo, exceto aquele momento quando você sabe que teve uma ideia maravilhosa e mal consegue esperar para começar. Diga, Mark, você acha possível matar alguém por controle remoto?

– O que quer dizer com controle remoto? Apertar um botão e disparar um raio mortal?

– Não, nada de ficção científica. Acho que... – ela parou, incerta do que diria. – Na verdade, falo de magia negra.

– Bonecos com alfinetes?

– Não, esses bonecos são ultrapassados – disse ela, com desdém. – Mas coisas estranhas acontecem, como na África ou nas Índias Ocidentais. As pessoas sempre contam algo sobre como os nativos se encolhem e morrem. Feitiços, vodus... você sabe do que estou falando.

Disse a ela que grande parte dessas coisas era atribuída ao poder da sugestão. Dizem à vítima que a morte foi decretada pelo xamã e o subconsciente dá conta do resto.

A sra. Oliver bufou.

– Se alguém viesse me dizer que meu destino era deitar e morrer, eu teria o maior prazer em contrariar suas expectativas!

Eu ri.

– Você tem séculos de um bom sangue cético e ocidental correndo nas veias. Não há predisposição para isso.

– Mas você acha que *pode* acontecer? – perguntou ela.

– Não sei o suficiente sobre o assunto para poder avaliar. Mas por que está tão interessada? Sua próxima obra-prima será *Assassinato por sugestão*?

– Não, na verdade não. O bom e velho veneno de rato ou arsênico já é o suficiente para mim. Ou uma faca sem corte. E se possível *sem* armas de fogo, são traiçoeiras demais. Mas você não veio aqui para falar das minhas histórias.

– Sinceramente, não. O fato é que minha prima Rhoda Despard está organizando uma quermesse na igreja e...

– Não, de novo não! – disse a sra. Oliver. – Sabe o que houve da última vez? Organizei uma brincadeira, caça ao assassino, e a primeira coisa que aconteceu foi encontrarem um *cadáver de verdade*. Nunca superei isso!

– Não é uma caça ao assassino. Ela quer montar uma barraca para você vender e autografar seus livros.

– Bem – disse ela, um pouco desconfiada –, acho que seria ótimo. Não terei de montar a barraca, nem falar besteiras, muito menos usar chapéu, certo?

Garanti que ela não teria de fazer nada disso, e completei tentando persuadi-la:

– E só seria durante uma ou duas horas. Depois disso haverá uma partida de críquete... ou uma apresentação de dança infantil, ou um concurso de fantasias...

Do nada, a sra. Oliver me interrompeu com um grito:

– É isso! Uma *bola de críquete*! Mas é claro! Ele vê a bola passando do lado de fora da janela, a bola o distrai, é por isso que ele não fala da cacatua! Você veio numa hora excelente, Mark. Você foi maravilhoso!

– Não entendi...

– Mas eu entendi! – disse ela. – É muito complicado e não quero perder tempo explicando. Foi ótimo encontrá-lo, mas adoraria que você fosse embora agora mesmo.

– Claro. E sobre a quermesse...

– Vou pensar no assunto, pode deixar. Agora, onde é que eu enfiei meus óculos? Não entendo, as coisas simplesmente desaparecem...

Capítulo 2

I

A sra. Gerahty abriu a porta da casa paroquial com a rispidez de costume. Parecia mais uma manobra triunfante de quem luta para abrir uma porta e diz "dessa vez eu consegui" do que o gesto receptivo de quem atende a campainha.

– E então, o que quer? – perguntou ela de maneira áspera.

Havia um garoto de aparência simplória parado na porta, cuja presença não percebemos ou de quem não nos lembramos com facilidade; um garoto como todos os outros. Estava resfriado, pois fungava.

– É aqui que mora o padre?

– Padre Gorman, você quer dizer?

– Estão procurando por ele – disse o garoto.

– Quem, onde e por quê?

– Rua Benthall, número 23. A sra. Coppins me mandou até aqui, uma mulher está morrendo. Aqui é igreja, não é? A mulher falou que vigário não serve.

A sra. Gerahty confirmou o que o garoto perguntara, pediu que ficasse parado onde estava e voltou para dentro da paróquia. Alguns minutos depois, um padre alto e já de idade saiu carregando uma pequena valise de couro na mão.

– Eu sou o padre Gorman – disse ele. – Rua Benthall? Perto dos trilhos da estação, não é?

– Isso mesmo, nem um passo a mais.

Os dois saíram juntos, mas o padre seguiu na frente a passos largos.

— Sra. Coppins o nome dela, é isso?

— Essa é a dona da casa, que aluga os quartos. Quem mandou chamar foi uma inquilina de nome Davis, acho eu.

— Davis? Deixe-me pensar... não me lembro.

— Ela é do seu grupo com certeza. Católica, quero dizer. Disse que vigário não servia.

O padre concordou com a cabeça. Os dois chegaram à Rua Benthall algum tempo depois. O garoto apontou uma casa alta e lúgubre junto a outras casas altas e lúgubres.

— É essa daí.

— Você vai entrar?

— Não moro aí, não. A sra. Coppins me deu uns trocados para passar o recado.

— Entendo. Qual é o seu nome?

— Mike Potter.

— Obrigado, Mike.

— De nada – disse Mike, e saiu assobiando sem se abalar com a iminência da morte de alguém.

A porta da casa se abriu e a sra. Coppins, uma mulher robusta, de pele rosada, parou na entrada e, entusiasmada, deu boas-vindas ao visitante.

— Vamos, entre. Ela está péssima, eu diria. Devia estar no hospital, não aqui. Já liguei pra lá, mas sabe Deus quando virão. A minha cunhada esperou seis horas quando quebrou a perna. Uma desgraça, isso sim. Saúde pública, ora essa! Tomam nosso dinheiro e, quando precisamos do serviço, onde está?

Enquanto falava, ela subia as escadas na frente do padre.

— O que há de errado com ela?

– Ela disse que era gripe. Estava melhor, e resolveu sair de casa. Estava péssima quando chegou ontem à noite. Eu a trouxe para a cama, ela não quis comer, não quis que chamasse o médico. Hoje de manhã estava queimando em febre. Acho que chegou aos pulmões.

– Pneumonia?

A sra. Coppins, sem fôlego àquela altura, pareceu concordar emitindo um som parecido com o de uma chaleira. Abriu uma porta com um movimento rápido e saiu do caminho para que o padre Gorman entrasse.

– Trouxemos o reverendo. *Agora* vai ficar tudo bem! – disse ela, num tom de voz forçadamente alegre, e saiu.

O padre Gorman se aproximou. O quarto, mobiliado em estilo vitoriano antigo, estava limpo e arrumado. Na cama, perto da janela, uma mulher virou a cabeça com dificuldade. Era nítido que estava doente.

– Você veio! Não tenho muito tempo... – disse ela, ofegante. – Que maldade... eu preciso... não posso morrer desse jeito! Preciso me confessar... é repugnante, repugnante... – Os olhos dela viravam entreabertos.

Em tom monótono, palavras desconexas saíam dos lábios dela.

O padre Gorman chegou perto da cama e começou a falar o de sempre. Palavras de autoridade e tranquilidade, de inspiração e de fé. A paz instalou-se no quarto e o sofrimento se esvaiu dos olhos atormentados dela.

Quando terminou de pregar, a moribunda falou novamente.

– É preciso detê-los... você vai conseguir...

– Farei o que for necessário. Confie em mim – disse ele, confortando-a.

Pouco tempo depois, um médico e uma ambulância chegaram ao mesmo tempo. A sra. Coppins recebeu-os com uma alegria sombria.

– Tarde demais, como sempre! – disse. – Ela morreu.

II

O padre Gorman voltou caminhando enquanto o crepúsculo se aproximava. A neblina noturna se formava muito rápido. Ele parou por um momento e franziu a testa. Que história extraordinária... seria fruto do delírio e da febre alta? *Parte* dela era verdade, com certeza, mas até que ponto? De qualquer modo, seria importante tomar nota de alguns nomes enquanto ainda estavam frescos na memória. A reunião dos associados de São Francisco aconteceria quando ele voltasse. Virou rapidamente e entrou em uma cafeteria, pediu uma xícara de café e se sentou. Bateu com as mãos abertas no bolso da batina e percebeu que, para variar, a sra. Gerahty não havia costurado o forro conforme ele pedira. A caderneta, um lápis e algumas moedas que carregava escorregaram para dentro do forro. Conseguiu alcançar umas moedas e o lápis, mas a caderneta não valia tanto esforço. O café chegou e ele pediu um pedaço de papel.

– Esse serve?

Ele anuiu com a cabeça, apanhou o pedaço de papel de embrulho e começou a escrever. Os *nomes*, era importante não se esquecer dos nomes, coisa de que ele nunca se lembrava.

A porta da cafeteria se abriu e três rapazes com trajes do início do século XX entraram e se sentaram fazendo barulho.

O padre terminou as anotações. Dobrou o pedaço de papel e, quando estava prestes a colocá-lo no bolso, lembrou-se do buraco no forro. Então, fez o que costumava fazer: colocou o papel dobrado dentro do sapato.

Um homem entrou em silêncio e sentou-se num canto distante. O padre Gorman, por educação, tomou um ou dois goles do café fraco, pediu a conta e pagou. Em seguida, levantou-se e saiu.

O homem que acabara de entrar pareceu mudar de ideia. Olhou o relógio como se tivesse perdido a hora, levantou-se apressado e saiu.

A neblina estava se formando rapidamente, e o padre Gorman aumentou o ritmo dos passos. Ele conhecia bem o bairro. Pegou um atalho virando numa rua que passava perto dos trilhos. Talvez tivesse percebido os passos atrás de si, mas não se importou. Afinal, por que se importaria?

A pancada do cassetete o pegou totalmente desprevenido. Ele inclinou o corpo para frente e caiu.

III

O dr. Corrigan, assobiando a canção irlandesa "Father O'Flynn", entrou na sala do inspetor Lejeune e foi direto ao ponto:

– Já terminei com o padre – disse ele.

– E o resultado?

– Vamos deixar os detalhes técnicos para o legista. A pancada foi certeira, provavelmente morreu na hora. Quem fez o serviço quis ter certeza da morte, um crime sórdido.

– É verdade – disse Lejeune.

Lejeune era um sujeito robusto, tinha cabelos escuros e olhos acinzentados. Parecia muito tranquilo, mas seus gestos às vezes eram surpreendentemente rápidos, traindo sua origem huguenote.

– Mais sórdido do que o necessário para um roubo – disse ele.

– E foi roubo? – perguntou o médico.

– Supomos que sim. Os bolsos estavam revirados, e o forro da batina, rasgado.

– Não era para tanto – disse Corrigan. – A maioria desses padres é mais pobre do que rato de paróquia.

— Eles arrebentaram a cabeça dele, para garantir — ponderou Lejeune. — Eu só queria saber *por quê*.

— Há duas possibilidades — disse Corrigan. — A primeira é que o crime tenha sido cometido por um delinquente cruel que simplesmente adora violência. Há muitos deles por aí, uma lástima.

— E a segunda?

O médico encolheu os ombros.

— Alguém não gostava do padre. Improvável?

Lejeune negou com a cabeça.

— Muito improvável. Ele era uma pessoa conhecida, todos gostavam dele. Não tinha inimigos, até onde sabemos. E roubo também é improvável. A não ser...

— A não ser o quê? — perguntou Corrigan. — Quer dizer que a polícia já tem uma pista?

— Ele tinha algo que não foi levado. Estava no sapato, aliás.

Corrigan assobiou.

— Parece história de espionagem.

Lejeune sorriu.

— É muito mais simples do que isso. O bolso dele estava furado. O sargento Pine conversou com a empregada, que parece ser meio desleixada. Não mantinha as roupas em ordem como deveria. Ela disse que de vez em quando o padre Gorman enfiava um papel ou uma carta dentro do sapato para evitar que deslizasse para dentro do forro da batina.

— E o assassino não sabia disso?

— Jamais pensaria nisso! Quer dizer, supondo que ele quisesse o pedaço de papel e não uma quantidade miserável de moedinhas.

— E o que tinha no papel?

Lejeune esticou o braço até a gaveta e dela tirou um pedaço de papel fino e amassado.

– Só uma lista de nomes – disse ele.
Curioso, Corrigan olhou o papel.

Ormerod
Sandford
Parkinson
Hesketh-Dubois
Shaw
Harmondsworth
Tuckerton
Corrigan?
Delafontaine?

Ele franziu a testa.
– Estou vendo que *meu nome* está na lista.
– E os outros nomes te dizem alguma coisa? – perguntou o inspetor.
– Nenhum deles.
– Você não conhecia o padre Gorman?
– Não.
– Então não poderá nos ajudar.
– Alguma ideia do que significa essa lista?
Lejeune não respondeu diretamente.
– Um garoto chamou o padre Gorman mais ou menos às sete da noite. Disse que uma mulher estava morrendo e queria um padre. O padre Gorman foi vê-la.
– Onde, você sabe?
– Sim. Não foi preciso muito para checar a informação. Número 23 da Rua Benthall, na casa de uma mulher chamada Coppins. A doente era a sra. Davis. O padre chegou lá às sete e quinze e ficou com ela durante meia hora, mais ou menos. A sra. Davis morreu assim que a ambulância chegou para levá-la ao hospital.
– Entendo.
– Sabemos que após isso o padre Gorman esteve no Tony's Place, uma cafeteria bem simples. Um local muito

decente, nada suspeito, serve refeições ruins e costuma ficar vazio. O padre Gorman pediu uma xícara de café. Aparentemente procurou algo nos bolsos, não encontrou o que queria e pediu para Tony, o proprietário, um pedaço de papel. Este – apontou ele com o dedo – é o pedaço de papel.

– E depois?

– Quando Tony trouxe o café, o padre estava escrevendo. Ele saiu em seguida; mal havia tocado no café (também, pudera), mas não sem antes terminar a lista e colocá-la no sapato.

– Tinha mais alguém no local?

– Três rapazes de estilo *Teddy Boy* entraram e sentaram-se numa mesa, e um homem mais velho sentou-se em outra. O mais velho foi embora sem pedir nada.

– Ele estava seguindo o padre?

– Talvez. Tony não viu quando ele saiu, nem como ele era. Disse que o sujeito era discreto e respeitável, um tipo comum. Altura mediana, disse ele, sobretudo azul-marinho... ou talvez marrom. Pele não muito clara, mas também não muito escura. Aparentemente, nenhum motivo para estar envolvido com tudo isso, mas nunca se sabe. Ele ainda não se apresentou para dizer que esteve no Tony's, mas a investigação mal começou. Estamos pedindo para que as pessoas que viram o padre entre quinze para as oito e oito e quinze entrem em contato conosco. Até agora, só duas pessoas responderam: uma mulher e um farmacêutico que trabalha lá perto. Vou falar com eles agora. O corpo do padre foi encontrado às oito e quinze por dois garotos na Rua West, conhece? Fica perto dos trilhos, parece mais um beco. E o resto você já sabe.

Corrigan confirmou com a cabeça e bateu com o dedo no papel.

– E o que pensa sobre isso?

– Acho que é importante – disse Lejeune.

– A mulher contou a ele alguma coisa antes de morrer e ele anotou esses nomes no papel assim que conseguiu, antes de esquecê-los. A questão é: ele teria feito isso se estivesse sob juramento de confissão?

– Talvez não fosse realmente um segredo – disse Lejeune. – Por exemplo, e se esses nomes tiverem alguma ligação com chantagem, digamos?

– Isso é o que você acha?

– Não tenho nada em mente ainda, é só uma hipótese. Essas pessoas estavam sendo chantageadas, e a moribunda era a chantagista ou sabia algo sobre a chantagem. Eu diria que ela estava arrependida e quis se confessar para se redimir. O padre Gorman assumiu a responsabilidade.

– E?

– E daí que todo o resto são só hipóteses – disse Lejeune. – Pode ser que houvesse extorsão e alguém não concordasse com a interrupção do pagamento. Essa pessoa sabia que a sra. Davis estava morrendo e mandara chamar o padre. O resto já sabemos.

– Fico me perguntando... – disse Corrigan, examinando de novo o papel. – Por que você acha que há uma interrogação nos dois últimos nomes?

– Talvez o padre Gorman não tivesse certeza se os nomes estavam corretos.

– Poderia ser Mulligan em vez de Corrigan – assentiu o médico com um sorriso. – É bem provável. Mas Delafontaine não é o tipo de nome de que a gente se esquece, se é que me entende. É estranho que não haja endereço algum – disse ele, passando os olhos mais uma vez na lista.

– Parkinson, há muitas pessoas com esse nome. Sandford é comum. Hesketh-Dubois é um nome difícil, não deve haver muitos.

De repente o médico inclinou o corpo para frente e pegou o catálogo telefônico sobre a mesa.

– Vamos ver: letra H... Hesket, sra. A... John e Cia., Plumbers... Sir Isidore. Aqui, Hesketh-Dubois, lady. Praça Ellesmere, 49, SW1. E se ligarmos para lá?

– Dizendo o quê?

– Na hora saberemos – disse o dr. Corrigan, descontraído.

– Então ligue – disse Lejeune.

– O quê? – disse Corrigan, olhando para ele.

– Então ligue – repetiu Lejeune, também em tom descontraído. – Qual o motivo do espanto? – perguntou o inspetor, pegando o telefone. – Preciso de uma ligação externa. Número? – perguntou, olhando para Corrigan.

– Grosvenor 64578.

Lejeune repetiu o número e passou o telefone para Corrigan.

– Divirta-se – disse ele.

Ligeiramente confuso, Corrigan olhou para ele e esperou. O telefone tocou durante algum tempo até que alguém atendeu e disse, com respiração ofegante:

– Grosvenor 64578.

– É da casa de lady Hesketh-Dubois?

– Bem... sim, diria que sim.

O dr. Corrigan ignorou a hesitação.

– Poderia falar com ela, por gentileza?

– Não, infelizmente não. Lady Hesketh-Dubois faleceu em abril.

– Ah! – surpreso, dr. Corrigan ignorou a pergunta "Quem está falando?", gentilmente recolocou o telefone no gancho e olhou friamente para o inspetor Lejeune.

– Foi por isso que você queria que eu ligasse.

Lejeune sorriu maliciosamente.

– A gente realmente não ignora o que é óbvio – disse ele.

– Em abril – disse Corrigan, pensativo. – Há cinco meses que a chantagem, ou seja lá o que for, não a incomoda mais. E por acaso ela cometeu suicídio?

– Não. Morreu devido a um tumor no cérebro.

– Então agora comecemos de novo – disse Corrigan, olhando a lista.

Lejeune deu um suspiro.

– Ainda não sabemos se a lista tem algo a ver com isso – disse ele. – Talvez seja simplesmente mais um ataque numa noite nebulosa, e a esperança remota de encontrarmos o criminoso, a não ser que tenhamos sorte.

– Você se importa se eu continuar analisando essa lista? – perguntou o dr. Corrigan.

– Vá em frente. Desejo toda a sorte do mundo.

– Você está insinuando que *eu* não vou ir além do que *você* já foi. Não confie tanto nisso. Vou me concentrar neste Corrigan, sr., sra. ou srta. Corrigan, com um grande ponto de interrogação.

Capítulo 3

I

– Realmente, sr. Lejeune, acho que não tenho mais nada para dizer! Já disse tudo o que sabia para o sargento. Eu *não sei* quem era a sra. Davis ou de onde ela vinha. Ela esteve comigo durante seis meses, pagava o aluguel em dia e parecia uma pessoa bastante respeitável. Não sei em que mais posso lhe ajudar.

A sra. Coppins parou um momento para respirar e olhou para Lejeune com certo desagrado. Ele respondeu com um sorriso gentil e triste, sabendo por experiência que teria algum efeito.

– Não é que eu não queira ajudar – acrescentou ela.
– Obrigado. É disso que precisamos, ajuda. As mulheres sabem, e sentem, na verdade, muito mais do que os homens conseguem sentir.

Foi uma artimanha, e funcionou.

– Ah, como gostaria que meu marido ouvisse isso – disse a sra. Coppins. – Sempre tão petulante e grosseiro. Vivia bufando e dizendo que eu "achava saber das coisas quando na verdade não sabia nada de concreto". E em noventa por cento das vezes eu estava certa.

– É por isso que eu gostaria de saber o que acha da sra. Davis. Ela era infeliz?

– Não, eu diria que não. Ela parecia ser muito prática. Metódica, como se levasse a vida conforme planejou. Acho que ela trabalhava com uma dessas empresas de pesquisa de mercado. Ia de casa em casa perguntando qual o sabão em pó ou a farinha que usávamos, qual era a despesa semanal e como era dividida. Para mim isso é o mesmo que bisbilhotar os outros, não entendo por que o governo quer saber tanto! O resultado das pesquisas é sempre algo óbvio que as pessoas já sabiam, mas parece que há uma onda disso atualmente. E, se quer saber, acho que a sra. Davis fazia muito bem o trabalho. Ela tinha um jeito agradável, não era intrometida, era prática e impessoal.

– A senhora sabe o nome da empresa em que ela trabalhava?

– Não, infelizmente não sei.

– Alguma vez ela falou em parentes...?

– Não. Concluí que era viúva e tinha perdido o marido há muitos anos. Ele era inválido, mas ela nunca entrava nesse assunto.

– Ela disse de onde era?

– Não sei se era londrina. Devia ser do norte do país.

– E não acha que havia algum mistério em relação a ela?

Enquanto falava, Lejeune desconfiou de que talvez a sra. Coppins fosse sugestionável, mas ela não se deixou levar pela pergunta.

– Bem, acho que não. Pelo menos nunca senti isso em relação a algo que ela tenha *dito*. A única coisa que me faria desconfiar seria a mala, de qualidade, mas velha. As iniciais foram repintadas. J.D., Jessie Davis. Mas o D estava pintado por cima de outra coisa, um H., talvez. Mas também podia ser um A. Mesmo assim, não liguei muito pra isso na época. Hoje é tão fácil comprar uma mala de segunda mão, é natural que ela tenha alterado as iniciais. Ela não tinha muita coisa, só aquela mala.

Lejeune sabia disso. Curiosamente, a falecida tinha pouca coisa. Não guardava cartas, nem fotografias. Aparentemente não tinha seguro-saúde, caderneta de banco ou talão de cheques. Suas roupas eram de qualidade e novas.

– Ela parecia uma mulher feliz? – perguntou ele.

– Acho que sim.

Ele reagiu ao tom de dúvida na voz dela.

– A senhora *acha*?

– Bem, nunca parei para pensar nisso, não é? Acho que tinha um bom salário, um bom emprego e estava satisfeita com a vida que levava. Não era do tipo que falava demais. Mas é claro, quando ficou doente...

– O que houve? – interrompeu ele.

– Primeiro ela ficou aborrecida. Quando ficou gripada, quero dizer. Disse que atrapalharia todo o cronograma, perderia reuniões e coisas do tipo. Mas sabe como é gripe quando vem, não é? Ela ficou de repouso, preparou chá e tomou aspirina. Eu sugeri que chamássemos um médico, mas ela disse que não, que para curar uma gripe bastava ficar de repouso, aquecida, e que eu não chegasse perto para não pegar também. Assim que ficou um pouco melhor, fiz uma sopa com torradas para ela. E arroz doce. A gripe a deixou muito debilitada, é claro, mas não mais do que o comum. Ficou muito abatida depois da febre, todo mundo tem isso. Ela se sentou perto da lareira um dia e disse: "Queria não ter tanto tempo para *pensar*. Não gosto disso. Pensar me deixa pra baixo".

Lejeune continuava prestando bastante atenção, e a sra. Coppins se entusiasmou com a fala.

– Levei até umas revistas, mas ela não parecia bem para se concentrar na leitura. Uma vez ela me disse que "se as coisas não são o que deveriam ser, é melhor que a gente não saiba, não é?", e eu disse "mas é claro, querida". Então ela disse: "Acho que *nunca* tive certeza. Sempre agi de maneira muito honesta e correta. Não posso me envergonhar *de nada*". Eu respondi: "Mas é claro que não, querida". Mas fiquei pensando com meus botões se ela não descobrira algum negócio suspeito com as finanças na empresa em que trabalhava, algo que não tivesse a ver com ela.

– Talvez – concordou Lejeune.

– De qualquer maneira, ela melhorou quase totalmente e voltou a trabalhar. Eu disse que ela precisava de mais repouso, que tirasse mais um ou dois dias de folga. E veja como eu estava certa, na segunda noite ela voltou com uma febre altíssima, mal conseguiu subir as escadas. Disse mais uma vez que ela precisava de um médico, mas ela não quis. Até que foi piorando, ficou com um olhar apático, o rosto queimando como fogo e a respiração péssima. No dia seguinte à noite, juntando forças para pronunciar as palavras, ela me disse: "Preciso de um padre, rápido, antes que seja tarde demais". E não servia o vigário, tinha de ser um padre católico. Não sabia que ela era católica, nunca vi crucifixo ou algo do tipo com ela.

Mas havia um crucifixo escondido no fundo da mala. Lejeune nada disse e continuou escutando.

– Vi o menino Mike na rua e pedi que corresse para chamar o padre Gorman na igreja de São Domingos. E liguei para o médico e para a ambulância, e não disse nada a ela.

– A senhora subiu com o padre quando ele chegou?

– Sim, e deixei os dois a sós.

– Ele ou ela disse alguma coisa?

– Não me lembro. Eu estava falando na hora, tentando animá-la, disse que o padre chegara e que ficaria tudo bem, mas me lembro de, ao fechar a porta, ter ouvido ela falar algo sobre maldade. Sim, e também falou sobre um cavalo, ou corrida de cavalos, acho. Eu mesma faço umas apostinhas de vez em quando, mas ouvi dizer que há muita gente desonesta nesse ramo.

– Maldade – repetiu Lejeune, paralisado pela palavra.

— Os católicos precisam se confessar antes de morrer, não é? Acho que foi isso.

Lejeune não tinha dúvidas de que era isso mesmo, mas sua imaginação foi tomada pela palavra que ela usou. Maldade!...

Há algo de especial nessa maldade, pensou ele. Afinal, o padre, que sabia a respeito, fora seguido e golpeado até a morte...

II

Os outros três inquilinos nada tinham a acrescentar. Dois deles, um bancário e um idoso que trabalhava numa sapataria, moravam lá havia três anos. E ainda uma moça de 22 anos, que morava lá havia pouco tempo e trabalhava numa loja de departamentos da vizinhança. Todos os três mal conheciam a sra. Davis de vista.

A mulher que confirmou ter visto o padre Gorman naquela noite não tinha nada de útil a dizer. Era católica, frequentava a igreja de São Domingos e conhecia o padre Gorman de vista. Vira o padre pegar a Rua Benthall e entrar no Tony's Place cerca de dez para as oito. Nada além disso.

Já o sr. Osborne, proprietário da farmácia na esquina da Rua Barton, tinha uma informação melhor. Ele era um homem baixo, de meia-idade, careca, usava óculos e tinha o rosto redondo e ingênuo.

— Boa noite, inspetor. Por favor, entre – disse ele, levantando uma parte do balcão antiquado.

Lejeune entrou e atravessou um cômodo, onde um jovem todo de branco manipulava frascos de medicamentos com a rapidez de um malabarista, depois passou por uma arcada e entrou em uma salinha onde havia duas poltronas, uma mesa e uma escrivaninha. O sr. Osborne fechou discretamente a cortina da arcada atrás de si e sentou-se em uma das poltronas, gesticulando para que Lejeune se sentasse na outra. Ele inclinou o corpo para frente; seus olhos brilhavam de encantamento.

– Acredito que *talvez* eu possa lhe ajudar. Aquele dia não foi muito movimentado: pouca coisa para fazer, pois o clima não colaborou muito. Minha balconista estava atendendo. Às quintas-feiras sempre ficamos abertos até as oito. A neblina começava a aparecer e tinha pouca gente na rua. Para confirmar a previsão do tempo, fui até a porta para ver se a neblina já estava muito densa. Fiquei lá durante algum tempo, pois minha balconista conseguia se virar sozinha com a venda de cremes, sais de banho e outros cosméticos. Foi quando vi o padre Gorman passando do outro lado da rua. Eu conheço bem a fisionomia dele. Um horror esse assassinato, atacar alguém tão bem quisto como ele. Ele ia em direção à Rua West, a próxima rua à esquerda antes dos trilhos, como sabe. Logo depois, atrás dele, havia outro homem. Não me passou pela cabeça que houvesse algo errado, mas acontece que esse homem parou de repente, bem em frente à minha porta. Fiquei pensando no motivo de ele ter parado, daí percebi que o padre Gorman, um pouco mais à frente, diminuiu o passo. Ele não chegou a parar, mas foi como se estivesse tão concentrado que se esqueceu de que estava andando. Então ele voltou a andar normalmente e o outro homem continuou bem rápido. Imaginei que pudesse ser algum conhecido que queria alcançá-lo para falar com ele.

– Mas o padre podia estar sendo seguido?

– Agora tenho certeza de que era isso, mas não foi o que pensei na hora. Com a neblina aumentando, eu os perdi de vista quase imediatamente.

– Pode descrever esse sujeito?

O tom da pergunta foi de descrença, pois Lejeune não achou que fosse ouvir uma descrição relevante. Mas o sr. Osborne era bem diferente do proprietário do Tony's Place.

– Sim, acho que sim – disse ele, complacente. – Ele era alto...

– Muito alto?

– Um metro e oitenta, pelo menos. Talvez até mais alto, e era muito magro. Tinha os ombros caídos e um pomo de adão bem marcado. Tinha o nariz pontudo, cabelo comprido e grisalho e usava um chapéu. Obviamente não vi a cor dos olhos, pois o vi de perfil. Devia ter uns cinquenta anos, digo isso por causa do andar. Os jovens andam de uma maneira muito diferente.

Lejeune fez uma imagem mental da distância de um lado a outro da rua, olhou de novo para o sr. Osborne e ficou pensando, pensando muito...

Uma descrição como essa dada pelo farmacêutico poderia significar duas coisas. A primeira é que a imaginação dele devia ser muito fértil; o que Lejeune já conhecia muito bem, principalmente em relação às mulheres. Elas montam um retrato fantasioso de como acham que deveria ser um assassino. Esses retratos, no entanto, geralmente contêm detalhes sem dúvida espúrios, como olhos vidrados, sobrancelhas grossas, queixos salientes, ferocidade animal. Mas a descrição dada pelo sr. Osborne parecia a descrição de uma pessoa real. Então era possível que ele fosse o caso de uma testemunha em um milhão, um observador bastante detalhista, que não se deixa levar pelo que vê.

Lejeune pensou mais uma vez na distância de um lado a outro da rua e olhou ponderadamente para o farmacêutico, perguntando:

– Você acha que reconheceria esse homem se o visse de novo?

— Claro que sim — disse o sr. Osborne com extrema confiança. — Jamais me esqueço de um rosto, é um dos meus hobbies. Sempre digo que, se um desses assassinos de esposas comprasse um vidro de arsênico na minha farmácia, eu seria o primeiro a reconhecê-lo no tribunal. Ainda torço para que isso aconteça um dia.

— E ainda não aconteceu?

— Infelizmente, não — disse o sr. Osborne, descrente. — E agora é mais improvável ainda. Estou vendendo a farmácia. Recebi uma oferta alta e vou me mudar para Bournemouth.

— Parece ter sido um grande negócio.

— É um lugar conceituado — disse o sr. Osborne, com uma pitada de orgulho na voz. — Há quase cem anos estamos aqui. Meu avô e meu pai foram os donos antes de mim. Um negócio de família já bem tradicional, eu diria. Mas, quando era garoto, não via dessa forma. Eu queria muito ser ator, assim como vários garotos da época. Tinha certeza de que podia atuar. Meu pai não tentou me impedir, disse que eu tentasse até ver aonde dava. "Vai descobrir que não é um sir Henry Irving", dizia ele. E como estava certo! Um cara muito sábio, meu pai. Fiz peças de teatro durante um ano e meio e acabei voltando para a farmácia. Um tempo depois, passei a me orgulhar do trabalho. Sempre tivemos produtos de excelente qualidade. Mas hoje... — lamentou, balançando a cabeça —, o ofício de farmacêutico é decepcionante, com todos esses cosméticos e loções. Precisamos vender, porque metade do lucro vem dessa porcaria. Pó de arroz, batom, cremes para o rosto, xampus e *nécessaires*. Eu nem toco nessas coisas, tenho uma balconista que cuida de tudo. Ter uma farmácia hoje é muito diferente de antigamente. Mas tenho um bom dinheiro guardado, recebi uma oferta maravilhosa e consegui um ótimo desconto em um lindo chalé perto de Bournemouth.

Ele continuou:

– Aposente-se enquanto puder aproveitar a vida. Esse é meu lema. Eu tenho muitos hobbies. Gosto de borboletas, por exemplo. Gosto de ver os pássaros. E de jardinagem, tenho vários livros sobre como montar um jardim. E nem falei das viagens, pretendo embarcar num desses cruzeiros e conhecer outros países antes que seja tarde demais.

Lejeune se levantou.

– Bem, desejo-lhe toda a sorte do mundo – disse ele. – E se antes de partir o senhor encontrar com aquele sujeito...

– Pode deixar que aviso imediatamente, sr. Lejeune. Pode contar comigo, será um prazer. Como disse, guardo muito bem o rosto das pessoas. Vou ficar "de olho", como dizem. Pode mesmo contar comigo.

Capítulo 4

Narrativa de Mark Easterbrook

I

Chovia torrencialmente quando eu e minha amiga Hermia Redcliffe saímos do Old Vic, onde fomos assistir a uma apresentação de *Macbeth*. Enquanto atravessávamos a rua até chegar aonde eu tinha estacionado o carro, Hermia comentou injustamente que sempre chovia quando havia apresentação no Old Vic.

– Simplesmente acontece!

Discordei dela e disse que, ao contrário de um relógio de sol, ela só se lembrava dos dias chuvosos.

– Sempre tive sorte na casa de ópera de Glyndebourne – continuou Hermia, enquanto eu pisava na embreagem. – Só posso dizer que era tudo perfeito: a música, os canteiros de flores, principalmente os de flores brancas.

Falamos sobre Glyndebourne e seus festivais de música durante algum tempo, até que Hermia comentou:

– Vamos tomar café em Dover?

– Dover? Mas que excelente ideia! Acho que podemos ir ao Fantasie. Precisamos de uma boa refeição e de uma bebida após tanto sangue e tristeza em *Macbeth*. Shakespeare sempre me deixa faminto.

– Concordo, e Wagner também. Nunca fico satisfeita com os sanduíches de salmão em Covent Garden durante os intervalos. E eu falei em Dover porque é nessa direção que você está dirigindo.

– Eu precisava fazer a volta – expliquei.

– Mas você já fez a volta, faz um tempinho que estamos na nova estrada de Kent... ou essa é a nova?

Dei uma olhada no ambiente e percebi que Hermia, como sempre, estava certa.

– Eu sempre me perco aqui – disse eu, pedindo desculpas.

– Mas é confuso – concordou Hermia. – Dê a volta pela Waterloo Station.

Depois de passar a ponte Westminster, voltamos a falar da produção de *Macbeth* que acabáramos de ver. Minha amiga Hermia Redcliffe era uma mulher bonita, de 28 anos. Numa descrição extrema, diria que tinha uma beleza grega impecável, com cabelos castanho-escuros encaracolados na nuca. Minha irmã sempre se referia a ela como "a namorada do Mark", enfatizando as aspas de uma maneira que me incomodava profundamente.

Chegamos ao Fantasie e fomos bem recebidos com uma pequena mesa perto de uma parede coberta com veludo vermelho. O restaurante é merecidamente conhecido, e as mesas ficam bem próximas umas das outras. Quando nos sentamos, o casal ao lado nos cumprimentou alegremente. David Ardingly era professor de história em Oxford. Ele nos apresentou sua companheira, uma moça muito bonita, de penteado moderno, repicado e cheio de detalhes, que dava uma forma incomum a sua cabeça. É estranho dizer, mas lhe caía bem. Ela tinha olhos azuis enormes e mantinha a boca semiaberta na maior parte do tempo. E era extremamente boba, como costumavam ser todas as namoradas de David. Ele, um jovem notavelmente inteligente, só se sentia à vontade com garotas estúpidas.

– Esta é Poppy, meu bichinho de estimação – disse ele. – Estes são Mark e Hermia. Eles são muito sérios e ilustres, não os decepcione! Nós acabamos de assistir *Do it for Kicks*, foi adorável. Aposto que vocês foram assistir Shakespeare ou Ibsen.

– *Macbeth*, no Old Vic – disse Hermia.

– E o que acharam da produção de Batterson?

– Eu adorei – disse Hermia. – Achei a iluminação interessante e nunca vi a cena do banquete ser tão bem representada.

– E o que acharam das bruxas?

– Medonhas, como sempre – disse Hermia.

David concordou.

– O elemento de pantomima parece incorporado a essa cena – disse ele. – Todas saltitando e se comportando como um rei maligno de três caras. Ficamos com a sensação de que a boa fada iria aparecer vestida de branco, cheia de lantejoulas, dizendo em voz monótona:

O mal não triunfará. No fim,
É Macbeth quem estará louco!

Todos rimos, mas David, que saca as coisas muito rápido, me olhou fixamente.

– O que houve? – perguntou ele.

– Nada. É que outro dia eu estava pensando sobre o mal e reis malignos na pantomima. Claro, e boas fadas também.

– Onde?

– Ah, em uma cafeteria em Chelsea.

– Mas como você é moderno, Mark, vive na área de Chelsea! Onde herdeiras de meia-calça se casam com interesseiros tarados. É lá que Poppy deveria estar, não é, docinho?

Os olhos de Poppy ficaram mais arregalados do que já eram.

– Eu odeio Chelsea! – protestou. – Gosto *muito mais* do Fantasie, a comida é maravilhosa.

– Que bom, Poppy. De qualquer jeito, você não é rica o bastante para morar em Chelsea. Mark, fale mais sobre *Macbeth* e as terríveis bruxas. Eu sei como retrataria as bruxas se estivesse na direção.

David havia sido um membro de destaque da Oxford University Drama Society.

– E como seria?

– Minhas bruxas seriam bastante comuns. Mulheres velhas, quietas e maliciosas. Como as bruxas do interior.

– Mas hoje não existem mais bruxas – disse Poppy, olhando para ele.

– Você diz isso porque é uma moça londrina. Em cada cidadezinha da zona rural inglesa há uma bruxa. Há sempre uma velha sra. Black morando numa cabana no topo da montanha, a quem os meninos não devem incomodar e que recebe ovos e bolos de presente com frequência. Isso porque – disse ele, gesticulando com o dedo – se ela se irrita com você, suas vacas param de dar leite, você perde a colheita de batatas ou seu filho torce o pé. Embora ninguém diga com clareza, *todo mundo sabe* que não se deve ir contra a sra. Black.

– Você está brincando – disse Poppy fazendo careta.

– Não estou, não. Estou falando a verdade, não é, Mark?

– É claro que toda essa superstição foi extinta com a educação – disse Hermia, ceticamente.

– Não na zona rural. O que diz disso, Mark?

– Acho que talvez você esteja certo – disse eu, calmamente. – Embora não tenha tanta certeza. Nunca morei na zona rural.

– Não consigo entender como seriam suas bruxas representadas como velhinhas comuns – disse Hermia, voltando para a observação feita por David. – Com certeza elas precisam de uma atmosfera sobrenatural.

– Ah, mas veja bem – disse David. – Eu prefiro a loucura. É assustador uma pessoa que vocifera e anda torto, com os cabelos desgrenhados feito palha, e que *parece* louca. Lembro-me de uma vez em que fui dar um recado para um médico numa instituição psiquiátrica;

enquanto esperava numa sala, vi uma senhora bebericando um copo de leite. Ela fez um comentário sobre o clima e de repente inclinou o corpo para frente e perguntou, com voz doce: "É sua criança que está enterrada ali atrás da lareira?". Depois balançou a cabeça e disse: "Exatamente às 12h10. Todos os dias, no mesmo horário. Finja que não viu o sangue". Foi a forma trivial como ela disse que me causou arrepios.

– Tinha mesmo alguém enterrado atrás da lareira? – quis saber Poppy.

David a ignorou e prosseguiu:

– Veja o exemplo das médiuns. Entram em transe, em salas escuras, comunicam-se com os mortos. Logo depois se levantam, arrumam o cabelo e vão para casa preparar mais um jantar com bife e fritas. São mulheres comuns como qualquer outra.

– Então sua ideia de bruxas – disse eu – resume-se a três velhinhas escocesas e videntes, que praticam sua arte em segredo, murmurando feitiços em volta de um caldeirão e evocando espíritos, mas que continuam sendo três velhinhas comuns. É, pode ser que funcione.

– Isso se você conseguir alguém que represente dessa forma – disse Hermia, ironicamente.

– Faz sentido o que você diz – admitiu David. – Qualquer sinal de insanidade no roteiro já é motivo para os atores se entregarem ao máximo. O mesmo acontece com mortes repentinas. Os atores não podem simplesmente cair no palco de repente. Eles precisam gemer, cambalear, revirar os olhos, engasgar, segurar no peito, segurar a cabeça e encenar perfeitamente a morte. Falando em encenações, o que você achou do *Macbeth* de Fielding? Os críticos ficaram bem divididos.

– Eu achei ótimo – disse Hermia. – A cena com o médico, depois da cena de sonambulismo: "Não podes ministrar remédio a um cérebro doente". Ele deixou claro o que eu nunca tinha pensado antes, que ele queria mesmo que o médico matasse sua esposa, embora ainda a amasse! Mostrou a luta entre o medo e o amor. Para mim a frase "devia ter morrido mais tarde" foi uma das coisas mais comoventes que já vi.

– Shakespeare ficaria surpreso se visse as suas peças encenadas hoje – disse eu com ironia.

– Acho que a companhia de teatro Burbage já o traiu bastante nesse aspecto – disse David.

– Os autores sempre se surpreendem com o que os produtores fazem de suas peças – murmurou Hermia.

– Não foi um sujeito chamado Bacon que realmente escreveu as peças de Shakespeare? – perguntou Poppy.

– Não, essa teoria já está bastante ultrapassada – disse David, gentilmente. – E o que *você sabe* sobre o Bacon?

– Ele inventou a pólvora – disse Poppy, triunfante.

– Entende agora por que eu amo essa garota? – disse David. – As coisas que ela sabe são sempre surpreendentes. Não misture Francis Bacon com Roger Bacon, meu amor.

– Eu achei interessante o fato de Fielding ter interpretado o papel do terceiro assassino – disse Hermia. – Alguém já havia feito isso?

– Eu acredito que sim – disse David. – Como deveria ser cômodo naquela época ter um assassino à mão sempre que se precisasse de um servicinho. Engraçado seria fazer isso hoje.

– Mas isso é feito – disse Hermia. – Gângsteres, capangas ou sei lá que outro nome se dá. Estou falando de Chicago e tudo o mais.

– Ah – disse David. – Mas eu não estava falando de gângsteres, chantagistas ou barões do crime, e sim de pessoas comuns que querem se livrar de alguém. Tipo um rival de negócios... ou uma tia rica e já bem velhinha... ou um marido desagradável que sempre atrapalha os planos. Seria ótimo ligar para uma Harrods e dizer: "Por favor, preciso de dois assassinos".

Todos nós rimos.

– Mas *é possível* fazer isso, não é mesmo? – disse Poppy.

Os olhos voltaram-se para ela.

– Como assim, meu docinho? – perguntou David.

– Digo, as pessoas podem fazer isso se quiserem... Gente como nós, como você mesmo disse. Mas deve ser muito caro.

Os olhos inocentes de Poppy estavam arregalados, e os lábios, entreabertos.

– O que você *quer* dizer? – perguntou David, curioso.

Poppy parecia confusa.

– Acho que acabei misturando as coisas. Eu estava falando do Cavalo Amarelo, esse tipo de coisa.

– Cavalo *amarelo*? Que cavalo amarelo?

Poppy corou e baixou os olhos.

– Estou sendo uma idiota! É só algo que me disseram, mas devo ter entendido errado.

– Está linda a sobremesa, não querem? – disse David gentilmente.

II

Uma das coisas mais estranhas da vida, como se sabe, é quando você ouve falar de uma coisa e ela volta a aparecer vinte e quatro horas depois. Um exemplo disso aconteceu na manhã seguinte.

Meu telefone tocou e eu atendi.

– Flaxman, 73841.

Escutei do outro lado da linha uma espécie de suspiro. Em seguida, uma voz ofegante, porém incisiva, disse:

— Pensei no assunto e decidi que vou.
— Maravilha! – eu disse, tentando ganhar tempo. – É... você é...
— Afinal – disse a voz –, um raio nunca cai duas vezes no mesmo lugar.
— Tem certeza de que ligou para o número certo?
— Claro que tenho. Você é Mark Easterbrook, não é?
— Já sei! – disse eu. – Sra. Oliver.
— Oh – disse a voz, surpresa. – Você ainda não sabia quem era? Nem percebi! Liguei para falar da quermesse, vou autografar os livros, se Rhoda quiser.
— Muito gentil da sua parte. Com certeza eles vão hospedá-la.
— Não vão fazer muito alarde, não é? – perguntou a sra. Oliver, apreensiva. – Você sabe como é, as pessoas vindo até mim perguntando se estou escrevendo alguma coisa quando na verdade elas estão vendo que estou tomando refrigerante ou suco de tomate em vez de escrever. E dizem que gostam dos meus livros, o que naturalmente é agradável, mas eu nunca sei o que responder. Se digo que fiquei feliz com o elogio, as pessoas entendem que fiquei feliz em conhecê-las e que estou me despedindo. Quase uma frase feita. Sim, eu sei que é. Você acha que eles não irão querer que eu vá beber alguma coisa no Cavalo Cor-de-Rosa?
— Cavalo *cor-de-rosa*?
— Ou Cavalo Amarelo... o pub. Sou péssima para pubs. Eu até bebo cerveja, em último caso, mas me pesa demais o estômago.
— O que você quer dizer exatamente com cavalo amarelo?
— Há um pub com esse nome na cidade, não? Ou é Cavalo Cor-de-Rosa mesmo? Acho que me confundi, devo estar imaginando coisas.
— E como vai a cacatua? – perguntei.

— Cacatua? — perguntou a sra. Oliver, atônita.

— E a bola de críquete?

— Francamente — disse a sra. Oliver, muito séria. — Acho que você deve estar louco, de ressaca ou algo do tipo. Falando em cavalo cor-de-rosa, cacatua, bola de críquete... — e desligou o telefone.

Eu ainda estava pensando no Cavalo Amarelo quando o telefone tocou de novo. Desta vez era o sr. Soames White, advogado ilustre que ligou para me lembrar de que, segundo o testamento da minha madrinha, lady Hesketh-Dubois, eu tinha o direito de escolher três dos seus quadros.

— Nenhum deles é extraordinariamente valioso, é claro — disse o sr. Soames White em um tom melancólico e derrotista. — Mas sei que em algum momento você demonstrou admirar os quadros da falecida.

— Ela tinha umas aquarelas com cenas indígenas muito charmosas — disse eu. — Acho que você já me escreveu falando disso, mas devo ter esquecido.

— Exatamente — disse o sr. Soames White. — Mas o inventário já foi concedido, e os executores, nos quais me incluo, estão organizando a distribuição dos bens da casa dela em Londres. Você *poderia* dar uma passada na Praça Ellesmere assim que possível?

— Vou agora mesmo — respondi.

Não parecia ser uma manhã muito agradável para o trabalho.

III

Ao sair do nº 49 da Praça Ellesmere carregando embaixo do braço as três aquarelas que escolhi, trombei em alguém que subia as escadas da porta da frente. Pedi desculpas, fui desculpado e estava prestes a chamar um táxi que passava quando tive um estalo e me virei bruscamente, perguntando:

– Corrigan?

– Sim... e você é... Mark Easterbrook!

Jim Corrigan e eu tínhamos sido amigos em Oxford, e acho que não nos víamos havia quinze anos ou mais.

– Sabia que o conhecia, mas não sabia de onde – disse Corrigan. – Li alguns artigos seus e gostei bastante.

– E você? Continuou dedicado à pesquisa, como pretendia fazer?

Corrigan suspirou.

– Nem tanto. É um trabalho caro para ser feito por conta própria. A não ser quando a gente consegue um milionário disposto a financiar a pesquisa, ou algum apoiador mais maleável.

– O assunto era parasitas no fígado, não era?

– Que memória! Na verdade, abandonei esse tema. Agora pesquiso as propriedades das secreções de glândulas mandarianas; talvez nunca tenha ouvido falar! Têm alguma ligação com os humores, mas aparentemente não servem para nada!

Ele falava com o entusiasmo de um cientista.

– Qual é sua ideia, então?

– Bem – continuou Corrigan, um tanto desanimado. – Minha teoria é que elas influenciam o comportamento. Grosso modo, elas agem mais ou menos como o fluido dos freios de um carro. Quando não há fluido, os freios não funcionam. Nos seres humanos, uma deficiência nessas secreções *poderia*, acredito, fazer de você um criminoso.

Dei um assobio.

– E o que acontece com o pecado original?

– Não tenho a menor ideia – disse o dr. Corrigan. – Os padres é que não vão gostar muito disso. Mas infelizmente não encontrei ninguém que se interessasse pela minha teoria. Então estou trabalhando como médico forense na zona noroeste. Um trabalho muito interessante, vemos vários tipos de criminosos. Mas não vou ficar aborrecendo-o com esse assunto, a não ser que queira almoçar comigo!

– Eu adoraria. Mas você estava indo para lá – disse eu, apontando com a cabeça em direção à casa atrás de Corrigan.

– Não exatamente – disse Corrigan. – Eu estava chegando de penetra.

– Não tem ninguém lá, só o vigia.

– Foi o que imaginei. Eu queria tentar descobrir algo sobre lady Hesketh-Dubois.

– Ouso dizer que posso lhe contar mais a respeito dela do que um vigia. Ela era minha madrinha.

– Ela era? Que sorte. Onde podemos almoçar? Há um restaurantezinho na Praça Lowndes, nada extraordinário, mas eles fazem uma sopa especial com frutos do mar.

Após nos acomodarmos no pequeno restaurante, um jovem pálido usando calças de marinheiro em estilo francês levou até a mesa um caldeirão de sopa fumegante.

– Deliciosa – disse eu, provando a sopa. – E então, Corrigan, o que quer saber sobre a velha senhora? E, a propósito, por quê?

– O porquê é uma longa história – disse meu amigo. – Primeiro me diga, que tipo de senhora ela era?

Refleti um pouco.

– Ela era um tipo à moda antiga – disse eu. – Vitoriana. Viúva de um ex-governador de uma ilha desconhecida. Era rica e gostava do conforto que tinha. Viajava para o exterior no inverno, indo a Estoril e lugares do tipo. A casa dela é medonha, cheia de móveis vitorianos e do pior e mais rebuscado tipo de prataria vitoriana. Ela não tinha filhos, mas cuidava de um casal de poodles razoavelmente bem-comportados e gostava muito deles. Era teimosa, uma conservadora convicta. Gentil, porém tirana, e bastante apegada a velhos hábitos. O que mais quer saber?

— Não sei muito bem – disse Corrigan. – Você acha que existe a possibilidade de ela já ter sido chantageada?

— *Chantageada*? – perguntei, cheio de espanto. – Não consigo imaginar algo mais improvável. Por que pergunta?

Foi então que soube das circunstâncias do assassinato do padre Gorman.

Repousei a colher no prato e perguntei:

— Essa lista de nomes, você está com ela?

— Com a original, não. Mas copiei os nomes, veja só.

Examinei o papel que ele tirou do bolso.

— Parkinson? Conheço duas pessoas com esse nome. O Arthur, que entrou para a Marinha, e há um Henry Parkinson em um dos sacerdócios. Ormerod? Há um comandante da cavalaria chamado Ormerod. Sandford? Nosso diretor, quando eu era garoto, chamava-se Sandford. Não conheço nenhum Harmondsworth. Tuckerton... – fiz uma pausa. – Não seria Thomasina Tuckerton?

Curioso, Corrigan olhou para mim.

— Pode ser, pelo que sei. Quem é ela, e o que faz?

— Agora, nada. Li nos jornais que ela morreu na semana passada.

— Então não ajuda muito.

Continuei lendo a lista.

— Shaw. Conheço um dentista chamado Shaw, e também Jerome Shaw... Delafontaine, ouvi esse nome recentemente, mas não me lembro onde. Corrigan... seria você, por acaso?

— Sinceramente, espero que não. Tenho a sensação de que não é bom ter o nome nessa lista.

– Talvez. E por que acha que há chantagem envolvida nisso?

– Quem sugeriu isso foi o inspetor Lejeune. Parecia a possibilidade mais provável. Mas há muitas outras. Pode ser uma lista de traficantes, viciados, agentes secretos. Pode ser qualquer coisa, na verdade. Só há uma certeza: essa lista era tão importante que provocou um assassinato.

– Você sempre se interessa por esse lado policial do seu trabalho? – perguntei, curioso.

Ele balançou a cabeça.

– Não exatamente. Interesso-me pelo *caráter* criminoso. Histórico, criação e, claro, a saúde das glândulas!

– Então por que o interesse nessa lista de nomes?

– Adoraria saber – disse Corrigan, lentamente. – Talvez por ter visto meu nome na lista. Em defesa dos Corrigan! Um Corrigan em socorro de outro Corrigan!

– Socorro? Então você definitivamente acha que essa é uma lista de vítimas, e *não* de malfeitores. Mas e se fosse *as duas coisas*?

– É, você pode estar certo. Estranho também eu ser tão positivo. Talvez seja só uma sensação, ou talvez tenha algo a ver com o padre Gorman. Eu não o via com muita frequência, mas ele era um bom sujeito, respeitado por todos e amado pela congregação. Fazia o tipo bom militante convicto. Não consigo parar de pensar que essa lista, para ele, era uma questão de vida ou morte...

– A polícia não está chegando a lugar algum?

– Está, sim, mas é um longo trabalho. Verificar aqui, acolá, bem como os antecedentes da mulher que o chamou naquela noite.

– Quem era ela?

– Aparentemente, não há mistério sobre essa viúva. Havíamos desconfiado de que o marido dela poderia ter alguma ligação com corridas de cavalos, mas não parece ser o caso. Ela trabalhava com pesquisa de consumo para uma pequena empresa comercial, que tem boa reputação e não apresenta nada de errado. No entanto, eles quase nada sabem sobre ela. Ela veio de Lancashire, norte da Inglaterra. O detalhe mais estranho é que ela tinha pouquíssimas coisas.

Encolhi os ombros.

– Vivemos em um mundo individualista, em que se carrega apenas o necessário; isso é mais comum do que imaginamos.

– Sim, é verdade.

– Mas então você resolveu dar uma mãozinha?

– Só estou bisbilhotando. Hesketh-Dubois é um nome incomum. Se eu pudesse descobrir um pouco sobre ela... – ele parou de falar antes de terminar a frase. – Mas, pelo que você disse, acho que lá nada encontraremos.

– Ela não era viciada, nem traficante – assegurei.

– Muito menos agente secreta. Ela levava uma vida inocente demais para ser alvo de chantagem. Não consigo imaginar em que tipo de lista ela estaria. Ela guardava suas joias no banco, então é improvável que fosse alvo de assalto.

– E você sabe da existência de outra pessoa com o nome Hesketh-Dubois? Filhos, talvez?

– Ela não tinha filhos. Mas acho que tinha um sobrinho e uma sobrinha, sem o sobrenome dela. O marido era filho único.

Em um tom amargo, Corrigan disse que eu tinha ajudado bastante. Olhou para o relógio, disse alegremente que precisava fazer uma autópsia e então saímos.

Voltei para casa pensativo, não consegui me concentrar no trabalho e, por impulso, acabei telefonando para David Ardingly.

– David? É o Mark. Sabe aquela moça que conheci com você outro dia, Poppy? Qual é o sobrenome dela?

– Está querendo roubar minha garota, não é?

David parecia estar se divertindo.

– Você já tem muitas – respondi. – Pode muito bem abrir mão de uma delas.

– E você já tem uma mulher de peso, meu velho. Achei que você namorava firme com ela.

"Namorar firme." Que expressão repulsiva! Mas parei para pensar e, ainda tomado pela perspicácia dele, concluí que ele tinha descrito muito bem minha relação com Hermia. Por que raios eu me sentiria deprimido? Afinal de contas, sempre tive a sensação de que eu e Hermia nos casaríamos um dia... Eu gostava dela mais do que tudo. Tínhamos tanto em comum.

Sem motivo algum, senti uma vontade terrível de bocejar. Nosso futuro desenhou-se em minha frente. Eu e Hermia indo a peças de teatro importantes, isso sim valeria a pena. Conversaríamos sobre arte, sobre música. Sem dúvida, Hermia era a companhia perfeita.

Mas sem um pingo de diversão, disse o diabinho zombeteiro lá no fundo do inconsciente. Tomei um choque.

– Dormiu? – perguntou David.

– Claro que não. Para dizer a verdade, achei sua amiga Poppy bem revigorante.

– Boa palavra. E ela é, mas é preciso ir com calma. O nome dela é Pamela Stirling, ela trabalha em uma daquelas floriculturas com ares artísticos em Mayfair. Você sabe do tipo que estou falando, três galhos secos, uma tulipa com as pétalas presas e uma folha de louro pintada. Caríssimas.

Ele me deu o endereço.

– Chame-a para sair e divirta-se – disse ele, em tom amigável. – Vai se sentir muito bem. Ela é praticamente uma toupeira, não sabe de nada e vai acreditar em tudo que você disser. Mas não tenha falsas esperanças, a moça é pura.

E desligou o telefone.

IV

Passei pelo portão da Estudos Florais Ltda. com um pouco de receio. Quase fui derrubado pelo forte aroma de gardênia. Fiquei confuso quando vi tantas moças usando um uniforme verde-claro, todas parecidas com Poppy. Custei a identificá-la. Ela estava escrevendo um endereço com certa dificuldade, em dúvida quanto à grafia de Fortescue Crescent. Depois de alguma dificuldade em dar o troco correto à nota de cinco libras que recebeu, consegui me aproximar.

– Sou o amigo de David Ardingly – disse eu, lembrando-a.

– Ah, *sim*! – concordou Poppy, calorosa, enquanto os olhos vagos passavam por mim.

– Quero lhe perguntar uma coisa. – Eu estava apreensivo. – Mas acho melhor aproveitar e comprar algumas flores.

Como um robô pré-programado, ela disse:

– As rosas estão adoráveis, fresquinhas.

– Vou querer as amarelas – disse eu. Havia rosas em toda parte. – Quanto custa?

– Bem baratinho – disse Poppy com uma voz doce e persuasiva. – Cinco xelins cada.

Engoli seco e pedi meia dúzia de rosas.

– Posso acrescentar algumas dessas folhas especiais?

Olhei duvidosamente para as folhas especiais, que pareciam em avançado estágio de decomposição. Achei melhor escolher alguns ramos de aspargo-de-jardim, o que naturalmente não agradou Poppy.

– Quero lhe perguntar uma coisa – reiterei enquanto Poppy, desajeitada, decorava as rosas com os ramos que pedi. – Naquela noite, você mencionou algo chamado Cavalo Amarelo.

Com um violento sobressalto, Poppy derrubou as rosas e os ramos no chão.

– Poderia me falar mais a respeito?

Poppy se agachou para pegar as flores e se recompôs em seguida.

– O que você disse? – perguntou ela.

– Eu queria saber a respeito do Cavalo Amarelo.

– Cavalo amarelo? Como assim?

– Foi o que você mencionou naquela noite.

– Tenho certeza de que nunca disse isso! Nunca ouvi falar de cavalo amarelo.

– Alguém falou sobre isso com você. Quem foi?

Poppy respirou fundo e disse num só fôlego:

– Não tenho a menor ideia do que está falando. E eu não tenho permissão para conversar com clientes... – ela enrolou um papel em volta das flores. – São 35 xelins, senhor.

Depois de me devolver o troco, virou-se rapidamente para atender outra pessoa. Notei que as mãos dela tremiam levemente.

Saí da loja devagar. Após andar um pouco percebi que, além de me cobrar errado, ela tinha me devolvido troco a mais. A pouca habilidade matemática dela, antes, tinha me causado prejuízo. Olhei mais uma vez para o rosto dela, adorável e inexpressivo, e seus olhos grandes e azuis. Havia algo naqueles olhos...

– Medo – pensei comigo mesmo. – Ela estava com medo... Mas por quê? *Por quê?*

Capítulo 5

Narrativa de Mark Easterbrook

I

— Que alívio pensar que deu tudo certo! — suspirou a sra. Oliver.

Foi um instante de relaxamento. A quermesse de Rhoda acontecera com as preocupações de todas as quermesses: a forte ansiedade por causa do tempo, que no início da manhã estava instável; as longas e acaloradas discussões para decidir se as barracas seriam montadas ao ar livre ou dentro do galpão e sob a grande tenda; as diferentes opiniões a respeito da distribuição dos chás, das barracas de comidas etc. Tudo resolvido com diplomacia por Rhoda. Ninguém sabia como seria o comportamento de seus cães, encantadores, mas indisciplinados, que deveriam estar obviamente presos na casa, mas fugiam o tempo todo.

A quermesse foi aberta de maneira graciosa com a chegada de uma divertida e fútil celebridade da região, vestida com uma profusão de peles, que disse algumas palavras comoventes sobre o problema dos refugiados, o que deixou todos confusos, pois o objetivo da quermesse era a restauração da torre da igreja. A barraca do jogo das argolas fez um grande sucesso. Houve os problemas usuais com o troco, além de um pandemônio na hora do chá, quando todos quiseram invadir a tenda ao mesmo tempo.

Por fim, a abençoada chegada da noite, quando ainda aconteciam as apresentações de dança local no galpão. Estavam previstas uma queima de fogos e uma fogueira, mas os familiares já tinham ido para casa e agora faziam uma refeição simples na sala de jantar, entregues a uma daquelas conversas sem propósito em que todos estão preocupados em passar as próprias ideias e quase não prestam atenção às ideias dos outros. Tudo era desarticulado e cômodo. Os cães, soltos e felizes, roíam ossos embaixo da mesa.

– Esta quermesse rendeu mais do que a do ano passado, em prol das crianças – disse Rhoda, deleitando-se.

– Para mim é inacreditável que Michael Brent tenha encontrado o tesouro enterrado pelo terceiro ano consecutivo – disse a srta. Macalister, a governanta escocesa que cuidava das crianças. – Será que alguém diz a ele onde está o tesouro?

– Lady Brookbank ganhou o porco – disse Rhoda. – Acho que ela não queria, pois ficou terrivelmente envergonhada.

Na festa estavam minha prima Rhoda com o marido, o coronel Despard, a srta. Macalister, uma jovem ruiva chamada Ginger, a sra. Oliver e o reverendo Caleb Dane Calthrop com sua esposa. O reverendo era um senhor charmoso, estudioso, cujo maior prazer era declamar citações dos clássicos. Embora suas citações fossem muitas vezes embaraçosas e servissem para encerrar a conversa, aquele era o momento apropriado para elas. Era difícil entender o sonoro latim do reverendo, e o prazer de declamar uma citação apropriada era todo dele.

– Como diz Horácio... – disse ele, olhando ao redor da mesa.

Houve uma pausa, como de costume.

– Acho que a sra. Horsefall trapaceou com a garrafa de champanhe – disse Ginger, pensativa. – Quem ganhou foi a sobrinha dela!

A sra. Dane Calthrop, uma mulher desconcertante e de olhos claros, analisava ponderadamente a sra. Oliver, quando perguntou de maneira abrupta:

– E você, o que esperava nessa quermesse?
– Um assassinato ou algo que o valha!
A sra. Dane Calthrop parecia interessada.
– Mas por que isso?
– Nada demais. Muito improvável que acontecesse de novo. Houve um assassinato na última quermesse em que estive.
– Entendo. E isso a incomodou?
– Muito.
O reverendo, dessa vez, citou em grego.
Após a pausa, a srta. Macalister duvidou da honestidade da rifa que deu como prêmio um pato vivo.
– Muito generoso por parte do velho Lugg, do Armas do Rei, nos mandar doze dúzias de cerveja para a barraca do jogo das argolas – disse Despard.
– Armas do rei? – perguntei categoricamente.
– Nosso bar local, querido – disse Rhoda.
– Não há outro pub nas redondezas? O Cavalo Amarelo, acho eu – perguntei, voltando-me para a sra. Oliver.
Quase ninguém reagiu à pergunta, conforme eu esperava. O rosto de quem se virou para mim era vago e desinteressado.
– O Cavalo Amarelo não é um pub – disse Rhoda. – Quero dizer, *não mais.*
– Ele *já foi* uma hospedaria – disse Despard. – Diria que lá pelos idos do século XVI. Hoje é só uma casa comum. Sempre achei que eles deviam ter mudado o nome.
– Claro que *não*! – exclamou Ginger. – Um nome como Paisagem do Campo ou Recanto da Pedra seria extremamente bobo. Acho que Cavalo Amarelo é *muito mais* requintado, e no hall elas mantêm uma antiga e linda placa emoldurada.
– Elas quem? – perguntei.

– Pertence a Thyrza Grey – disse Rhoda. – Será que você a viu hoje? Uma mulher alta, de cabelo curto e grisalho.

– Ela é muito misteriosa – disse Despard. – É envolvida com espiritualismo, transes, magia, coisas desse tipo. Mas nada de magia negra.

De repente, Ginger deu uma gargalhada.

– Desculpe-me – disse ela. – Acabei de imaginar a srta. Grey vestida de Madame de Montespan em um altar de veludo negro.

– Ginger! – disse Rhoda. – Não fale assim na frente do reverendo.

– Desculpe-me, sr. Dane Calthrop.

– Não há de quê – disse o reverendo, sorrindo. – Como dizem os antigos... – continuou ele, completando com uma citação em grego.

Após um respeitoso silêncio de apreciação, ataquei novamente.

– Ainda quero saber quem são "elas". Srta. Grey e quem mais?

– Uma amiga mora com ela, Sybil Stamfordis. Acredito que seja uma médium. Você já deve tê-la visto por aí, anda cheia de pérolas e escaravelhos. De vez em quando veste sári, e mal posso imaginar o porquê, pois ela nunca esteve na Índia...

– E não se esqueça da Bella – disse a sra. Dane Calthrop. – É a cozinheira. Ela é bruxa, veio do vilarejo de Little Dunning, onde tinha fama de praticar feitiçarias. Coisa de família, a mãe dela também era bruxa. – Ela falava de modo prosaico.

– Você fala como se acreditasse em bruxaria, sra. Dane Calthrop – disse eu.

– Mas é claro! Nada há de secreto ou misterioso nisso. É tudo muito trivial, uma herança de família. Quando somos crianças, dizem para não implicar com o gato das bruxas, e de vez em quando elas ganham um pedaço de queijo ou um pote de doce caseiro.

Olhei para ela com uma sombra de dúvida. Parecia que ela falava muito sério.

– Sybil nos ajudou hoje lendo a sorte – disse Rhoda. – Ela estava na tenda verde. E ela é boa nisso.

– Minha sorte foi adorável – disse Ginger. – Ela viu dinheiro na minha mão, um homem bonito que virá do exterior, dois maridos e seis filhos. Muito generoso!

– Vi a filha de Curtis saindo da barraca dando gargalhadas – disse Rhoda. – E, depois disso, foi muito evasiva com o namorado. Falou que ele deve parar de pensar que é o rei da cocada preta.

– Pobre Tom – disse o marido dela. – Ele respondeu alguma coisa?

– Ah, sim. "Nem vou te dizer qual foi a *minha* sorte, querida Mebbe, você não ia gostar nem um pouco", disse ele.

– Bem feito pra ela!

– A sra. Parker não ficou nada satisfeita – disse Ginger, rindo. – "Quanta bobagem, não acreditem nessa tolice", disse ela. Mas aí a sra. Cripps levantou a voz e disse, "Você sabe tanto quanto eu, Lizzie, que a srta. Stamfordis vê coisas que os outros não veem, e a srta. Grey sabe o dia em que as pessoas vão morrer, sem errar nunquinha! Às vezes fico até arrepiada". A sra. Parker disse: "Mas com a morte é diferente, isso é um dom!", e a sra. Cripps respondeu: "Não interessa, eu jamais ofenderia aquelas três, de jeito nenhum!".

– Que emocionante, eu adoraria conhecê-las! – disse a sra. Oliver, desejosa.

– Nós a levaremos lá amanhã – prometeu o coronel Despard. – Vale mesmo a pena conhecer a velha hospedaria. Elas fizeram um belo trabalho, conseguiram mantê-la confortável sem tirar as características originais.

– Amanhã pela manhã eu telefono para Thyrza – disse Rhoda.

Tenho de admitir que fui para a cama com uma leve sensação de desalento.

O Cavalo Amarelo que assomava em minha mente como símbolo de algo desconhecido e sinistro não era nada daquilo.

A não ser, é claro, que houvesse outro Cavalo Amarelo.

Pensei nessa hipótese antes de cair no sono.

II

No dia seguinte, domingo, pairava uma sensação de descanso pós-festa. No gramado, a tenda e as barracas sacudiam com a brisa leve, esperando para serem removidas pelos fornecedores no alvorecer do dia. Na segunda-feira, todos começaríamos a avaliar os prejuízos e a organizar as coisas. Mas Rhoda tinha decidido que hoje seria melhor passar o maior tempo possível fora de casa.

Fomos à igreja e ouvimos respeitosamente o sábio sermão do sr. Dane Calthrop sobre um trecho de Isaías que parecia tratar mais da história da Pérsia do que de religião.

– Almoçaremos com o sr. Venables – explicou Rhoda quando saímos da igreja. – Você vai gostar dele, Mark, ele é um homem muito interessante. Já fez de tudo e esteve em todos os lugares. Conhece coisas fora do comum! Comprou a casa de Priors Court há cerca de três anos, e as melhorias devem ter custado uma fortuna. Teve poliomielite, por isso anda de cadeira de rodas, o que deve ser muito triste para ele, pois viajava bastante. É claro que ele nada no dinheiro, como disse, tendo em vista as maravilhas que fez na casa, uma completa ruína caindo aos pedaços. Agora está repleta de coisas das mais suntuosas. Acho que o maior interesse dele hoje são os leilões.

Fomos de carro até Priors Court, que ficava a poucos quilômetros de distância. Ao chegarmos, nosso anfitrião nos recebeu no hall.

– Muita gentileza vocês terem vindo – disse ele, entusiasmado. – Devem estar exaustos por causa da quermesse. Foi um grande sucesso, Rhoda.

O sr. Venables tinha uns cinquenta anos, o rosto magro e o nariz adunco feito o de um falcão, o que lhe conferia um ar de arrogância. O colarinho da camisa dele tinha a forma de asas abertas, ligeiramente antiquado.

Rhoda nos apresentou, e o sr. Venables sorriu para a sra. Oliver.

– Eu a conheci ontem, profissionalmente – disse ele. – Comprei seis livros autografados, já tenho seis presentes de Natal. Muito bom o seu trabalho, sra. Oliver. Não pare de escrever, é sempre um prazer ler os seus livros. – Ele abriu um sorriso para Ginger. – E *você* quase me deixou com um pato vivo na mão, minha jovem! – Em seguida, olhou para mim. – Gostei muito do seu artigo na revista do mês passado – disse ele.

– Foi um prazer enorme tê-lo conosco na quermesse, sr. Venables – disse Rhoda. – Depois daquele cheque generoso que o senhor nos enviou, não imaginei que estaria lá em pessoa.

– Eu gosto desse tipo de coisa. Faz parte da vida rural inglesa, não é mesmo? Voltei para casa segurando uma boneca horrorosa de plástico que ganhei na barraquinha, e Sybil fez uma previsão esplêndida do meu futuro, embora nada realista: eu usava um turbante de ouropel e carregava no pescoço uma tonelada de colares egípcios falsos.

— Sybil é adorável – disse o coronel Despard. – Vamos até lá hoje à tarde tomar um chá com Thyrza. É um lugar antigo e interessante.

— O Cavalo Amarelo? Sim. Eu preferiria que continuasse sendo uma hospedaria. Sempre achei que aquele lugar tinha uma história misteriosa e perversa. Estamos longe demais do mar para que tenha sido usado por contrabandistas. Talvez tenha sido refúgio para ladrões de estrada, ou viajantes ricos que passavam uma noite por lá e depois desapareciam. De certa forma, parece-me um final muito insípido ter se tornado a residência de três solteironas.

— Ora, eu *nunca* penso nelas dessa maneira! – exclamou Rhoda. – Sybil Stamfordis, com seus sáris e escaravelhos, sempre vendo a aura das pessoas, ela, sim, *é* muito ridícula. Já Thyrza é imponente, não acha? Parece que ela sabe exatamente o que pensamos. Ela não *diz* que é vidente, mas todo mundo diz que ela é.

— E Bella está longe de ser uma solteirona, ela enterrou dois maridos – acrescentou o coronel Despard.

— Sinto muito, sinceramente – disse Venables, às gargalhadas.

— Há também as interpretações sinistras da morte dos vizinhos – continuou Despard. – Dizem que os vizinhos a contrariaram e que bastou o olhar dela para que adoecessem e morressem.

— Mas é claro, eu tinha me esquecido. Ela é a bruxa?

— É o que diz a sra. Dane Calthrop.

— Interessante essa coisa de bruxaria – disse Venables, pensativo. – Há variações dela no mundo inteiro, lembro-me de quando fui à África Oriental...

Ele falou com alegria e tranquilidade sobre o assunto. Falou dos curandeiros na África, dos cultos pouco conhecidos de Bornéu, e prometeu que, após o almoço, mostraria para nós algumas máscaras de feiticeiros da África Ocidental.

– Tem de tudo nesta casa – disse Rhoda, dando uma risada.

– Bem... – ele encolheu os ombros. – Já que não podemos ver todas as coisas, faço o possível para tê-las por perto.

Por um momento apenas, seu tom de voz demonstrou uma súbita amargura. Em seguida, voltou o rosto rapidamente para baixo, olhando suas pernas paralisadas.

– "*De tantas coisas o mundo é tão cheio*" – citou ele. – Acho que essa sempre foi minha ruína. Há tanta coisa que quero ver e conhecer! Mas já fiz muito nessa vida, e ainda hoje ela me proporciona muito conforto.

– Por que logo *aqui*? – perguntou de repente a sra. Oliver.

Os outros estavam um pouco embaraçados por sentirem um clima trágico no ar. A sra. Oliver, no entanto, permaneceu impassível. Ela perguntou porque queria saber. E sua sincera curiosidade trouxe de volta a atmosfera alegre que reinava antes.

Venables olhou para ela sem entender.

– Digo, por que veio morar aqui nessa região? – perguntou novamente a sra. Oliver. – Um lugar tão distante do centro das coisas. Tem amigos aqui?

– Não. Já que quer saber, escolhi morar aqui exatamente por *não ter* amigos aqui.

Um tênue sorriso de ironia brotou nos lábios dele.

Eu me perguntei até que ponto ele tinha sido afetado pela incapacidade física. Será que a perda dos movimentos, a perda da liberdade de explorar o mundo amargurava tão profundamente sua alma? Ou ele conseguira se adaptar às novas circunstâncias com uma relativa serenidade, uma verdadeira grandeza de espírito?

Como se tivesse lido meus pensamentos, Venables disse:

– Você questiona no seu artigo o significado do termo "grandeza", comparando os diferentes significados ligados à palavra, no Ocidente e no Oriente. Mas o que todos queremos dizer hoje, na Inglaterra, quando usamos a expressão "um grande homem"?

– Grandeza intelectual, certamente – disse eu –, além de força moral, não é?

Ele olhou para mim com os olhos radiantes.

– Então não existem homens maus que possam ser descritos como grandes? – perguntou ele.

– É claro que existem! – exclamou Rhoda. – Napoleão, Hitler, e outros tantos. Todos eram grandes homens.

– Por causa do efeito que produziram? – disse Despard. – Me pergunto se ficaríamos impressionados se tivéssemos conhecido-os pessoalmente.

Ginger inclinou o corpo para frente e passou a mão nos cabelos ruivos.

– É uma ideia interessante – disse ela. – Será que não eram sujeitos patéticos e diminutos? Empertigados, dissimulados, deslocados e determinados a *ser* alguém, mesmo que tivessem o mundo a seus pés?

– Não, não – disse Rhoda veementemente. – Eles jamais teriam os resultados que tiveram se fossem assim.

– Tenho minhas dúvidas – disse a sra. Oliver. – Afinal, a mais estúpida das crianças pode facilmente incendiar uma casa.

– Ora, ora – disse Venables. – Não posso continuar subestimando o mal dessa maneira como se ele não existisse. O mal *existe* e é poderoso, muitas vezes mais poderoso do que o bem. É preciso reconhecê-lo e combatê-lo, do contrário... – ele estendeu as mãos –, afundamos na escuridão.

– É claro que fui educada para acreditar no diabo – disse a sra. Oliver, desculpando-se. – Mas ele *sempre* me pareceu uma imbecilidade, retratado com chifres, rabo e coisas do tipo, fazendo travessuras por aí como se fosse um péssimo ator. É claro que de vez em quando coloco um criminoso brilhante nas minhas histórias e os leitores adoram, mas é cada vez mais difícil retratá-los! Eu os descrevo como pessoas impressionantes, mas quando chega no final da história eles sempre parecem um tanto *inadequados* e funcionam como uma espécie de anticlímax. É muito mais fácil escrever sobre o banqueiro que desfalcou as contas, ou sobre o marido que quer se livrar da esposa para se casar com a babá. É muito mais *natural*, quero dizer.

Todos riram, e a sra. Oliver disse, desculpando-se:
– Sei que não me expressei muito bem, mas vocês entenderam o que quero dizer?

Todos disseram entender exatamente o que ela quis dizer.

Capítulo 6

Narrativa de Mark Easterbrook

Já passava das quatro da tarde quando saímos de Priors Court. Depois de um almoço particularmente delicioso, Venables nos levou para conhecer a mansão. Foi um prazer imenso para ele nos mostrar o verdadeiro tesouro que guardava aquela casa.

– Ele deve estar nadando no dinheiro – eu disse quando finalmente partimos. – Aquelas jades, a escultura africana, sem falar da porcelana de Meissen e Bow. Você tem sorte de ter um vizinho como ele.

– E você acha que não sabemos disso? – disse Rhoda. – A maioria das pessoas aqui é bastante gentil, mas pouco transparente. Em comparação, o sr. Venables tem uma positividade exótica.

– Como ele ganha dinheiro? – perguntou a sra. Oliver. – Ou será que sempre foi rico?

De maneira irônica, Despard observou que hoje ninguém mais pode se gabar por ter uma grande herança, pois os impostos e juros tomam conta de tudo.

– Soube que ele começou a vida como estivador, mas parece muito improvável – continuou Despard. – Ele nunca fala da juventude ou da família. – Virou-se para a sra. Oliver e disse: – Um bom mistério para suas histórias.

A sra. Oliver dizia que as pessoas sempre lhe ofereciam coisas que ela não queria...

O Cavalo Amarelo era uma construção em estilo enxaimel (genuína, e não uma imitação). Ficava recuada em relação à rua. Nos fundos havia um jardim murado, o que lhe dava uma agradável aparência de velho mundo.

Fiquei desapontado, na verdade, e confessei.

– Não é sinistra como eu pensava – reclamei. – Não tem esse clima.

– Não dirá o mesmo quando entrar – disse Ginger.

Saímos do carro e caminhamos até a porta, que se abriu assim que nos aproximamos.

A srta. Thyrza Grey estava parada na entrada, uma figura alta, de aparência levemente masculina, vestida com um casaco escocês e saia. Ela tinha o cabelo grisalho e malcuidado, testa alta, nariz largo e adunco e olhos azuis-claros penetrantes.

– Finalmente vocês chegaram – ela disse com uma voz grave e amável. – Achei que estavam perdidos.

Percebi a presença de um rosto surgindo por trás dos ombros dela, diretamente das sombras do hall escuro. Um rosto estranho, meio disforme, parecido com uma massa modelada por uma criança em um estúdio de escultura. Pensei ser o tipo de rosto que costumamos ver no meio da multidão de uma primitiva pintura italiana ou flamenga.

Rhoda nos apresentou e disse que almoçáramos com o sr. Venables na Priors Court.

– Ah! – disse a srta. Grey. – Isso explica tudo! Todo aquele luxo que ele tem, a cozinheira italiana e os tesouros reunidos na casa. Pobre homem, ele precisa de alguma coisa para se alegrar. Mas venham, vamos entrando. Temos muito orgulho da nossa casinha. É do século XV, com algo do século XIV.

O hall era humilde e escuro, com uma escada em caracol para o andar de cima. Havia uma ampla lareira e um quadro na parede acima dela.

– A velha plaqueta – disse a srta. Grey ao perceber meu olhar. – Não dá para ver muito com essa luz. O Cavalo Amarelo.

– Vou limpá-la para você, conforme combinamos – disse Ginger. – Terá uma surpresa com o resultado.

— Tenho certo receio — disse Thyrza Grey, sem rodeios. — E se você estragá-la?

— Mas é claro que não vou estragá-la, é meu trabalho — disse Ginger, indignada. Depois explicou para mim: — Trabalho nas galerias de Londres. É divertidíssimo.

— É difícil nos acostumarmos à restauração de quadros como é feita hoje — disse Thyrza. — Suspiro toda vez que entro na National Gallery. Parece que todos os quadros tomaram um banho de detergente.

— Não é possível que prefira os quadros escuros e amarelados — protestou Ginger. Ela olhou com atenção para a plaqueta. — Muita coisa vai surgir com a limpeza. Talvez até tenha um cavaleiro que não conseguimos ver.

Aproximei-me dela para olhar o quadro. Era uma pintura tosca sem mérito algum, exceto a sujeira e a velhice. A figura amarela de um garanhão resplandecente em relação ao fundo escuro e impreciso.

— Ei, Sybil — gritou Thyrza. — As visitas estão criticando nosso Cavalo, veja só que impertinência.

A srta. Sybil Stamfordis passou por uma porta e se juntou a nós.

Ela era uma mulher alta e esbelta, tinha o cabelo grisalho e oleoso, o sorriso afetado e boca de peixe. Estava usando um sári verde-esmeralda brilhante, que em nada melhorava sua aparência. Sua voz era lânguida e trêmula.

— Nosso preciosíssimo Cavalo — disse ela. — Nós nos apaixonamos por essa plaqueta assim que a vimos. Acho que ela nos influenciou a comprar a casa. Você não acha, Thyrza? Mas venham, vamos entrar.

Ela nos levou para um cômodo pequeno, onde provavelmente funcionava o bar. A mobília era coberta com tecido chita e em estilo Chippendale; tratava-se da sala de estar em estilo rústico, cheia de crisântemos.

Depois elas nos levaram para ver o jardim, que devia ser bem charmoso no verão, e voltamos para dentro da casa, onde a mesa de chá já estava posta com sanduíches e biscoitos caseiros. Quando nos sentamos, a velha que eu havia visto por um momento no hall entrou carregando um bule de prata. Ela usava um avental verde-escuro liso. A impressão de que a cabeça dela tinha sido feita com massa de modelar por uma criança foi confirmada quando olhei melhor para ela. Seu rosto era primitivo e inexpressivo, mas não entendi por que me pareceu sinistro.

De repente, senti raiva de mim mesmo. Todos esses absurdos sobre uma antiga hospedaria e três mulheres de meia-idade!

– Obrigado, Bella – disse Thyrza.

– Precisa de mais alguma coisa?

A voz dela era quase um murmúrio.

– Não, obrigada.

Bella saiu em direção à porta. Ela não olhou para ninguém, mas, antes de sair, levantou os olhos para mim de relance. Alguma coisa naquele olhar me paralisou, embora fosse difícil descrever exatamente o quê. Havia malícia naquele olhar, além de uma curiosa sensação de intimidade. Senti que, sem fazer esforço, e também sem curiosidade, ela sabia exatamente o que se passava na minha cabeça.

Thyrza Grey percebeu minha reação.

– Bella é desconcertante, não é, sr. Easterbrook? – disse ela, tranquila. – Percebi como ela olhou para você.

– Ela é daqui, não é? – perguntei, educadamente, esforçando-me para parecer interessado.

– Sim. E ouso dizer que alguém deve ter lhe contado que ela é a feiticeira da região.

Sybil Stamfordis mexeu nos colares.

– Pode confessar, sr... sr...

– Easterbrook.

– Easterbrook. Tenho certeza de que todos acham que praticamos bruxaria. Pode falar. Nossa reputação é grande, sabe?

– E talvez com razão – disse Thyrza. Ela parecia se divertir. – Sybil tem alguns dons.

Sybil suspirou agradavelmente.

– Sempre tive interesse no oculto – murmurou ela. – Quando criança já havia percebido que eu tinha poderes nada comuns. A psicografia surgiu naturalmente, eu sequer imaginava o que era aquilo! Simplesmente me sentava com uma caneta na mão, sem imaginar o que estava acontecendo. E é claro, sempre fui muito sensível. Uma vez desmaiei tomando chá na casa de uma amiga. Algo terrível tinha acontecido naquela sala... Eu sabia! Depois tivemos a explicação: vinte e cinco anos antes houvera um assassinato ali!

Ela balançava a cabeça e olhava para nós com grande satisfação.

– Muito interessante – disse o coronel Despard, com elegante aversão.

– Aconteceram coisas sinistras *nesta casa* – disse Sybil, misteriosa. – Mas tomamos as atitudes necessárias. Os espíritos obsessores já foram libertados.

– Vocês fizeram algum tipo de limpeza espiritual? – sugeri.

Sybil olhou para mim, ligeiramente em dúvida.

– Que adorável a cor do seu sári – disse Rhoda.

Sybil ficou animada.

– Sim, comprei quando estive na Índia. Tive uma época ótima lá. Pratiquei ioga e coisas do tipo. Mas não conseguia deixar de considerar tudo muito sofisticado, bem distante do natural e do primitivo. Acho que devemos voltar aos primórdios, aos poderes primitivos. Sou uma das poucas mulheres daqui que já esteve no Haiti, e lá, sim, temos contato com as fontes originárias do oculto, um tanto distorcidas e corrompidas, obviamente. Mas a raiz da questão está lá.

"Aprendi muito, principalmente quando me disseram que eu tinha irmãs gêmeas um pouco mais velhas do que eu. Disseram-me que a criança que nasce logo depois de gêmeos tem poderes especiais. Eles tinham todo um arsenal relacionado à morte, caveiras e ossos em cruz, e ferramentas usadas por coveiros, como pá, picareta e enxada. Eles se vestem como agentes funerários, com roupas pretas e cartola.

"O Grande Mestre é Baron Samedi, e ele evoca o deus Legba, que 'remove todas as barreiras'. Expia-se a morte para causar a morte. Estranho, não?

"Vejam só isso – Sybil se levantou e pegou um objeto na soleira da janela. – Este é meu Asson. Uma cabaça seca com uma série de contas. Estão vendo essas pontinhas? É chocalho de cascavel seco."

Olhamos educadamente, mas sem entusiasmo.

Sybil chacoalhou seu horrendo brinquedo delicadamente.

– Bem interessante – disse Despard, de modo cortês.

– Eu poderia contar muito mais...

Nesse momento, me distraí. As palavras começaram a ficar nebulosas à medida que Sybil exprimia seu conhecimento de magia e feitiçaria, falando sobre Mestre Encruzilhada, *Coa*, família Guidé.

Virei a cabeça e percebi que Thyrza me olhava de um jeito estranho.

– Você não acredita em nada disso, não é mesmo? – murmurou ela. – Você está errado. É *impossível* tudo isso ser explicado como se fosse superstição, medo ou fanatismo religioso. Existem verdades e poderes elementares. Sempre existiram e sempre existirão.

– Eu não contestaria isso – disse eu.

– Sábio homem. Venha ver minha biblioteca.

Passamos pelas janelas francesas, entramos em um jardim e passamos pela lateral da casa.

– Montamos a biblioteca nos antigos estábulos – explicou ela.

Os estábulos e as dependências externas foram reconstruídos como um único e amplo cômodo. Uma parede inteira estava repleta de livros. Passei os olhos neles e logo exclamei:

– Há obras muito raras aqui, srta. Grey. Este aqui é o original do *Malleus Maleficorum*? Uau, quantos tesouros.

– É verdade, tenho mesmo alguns tesouros.

– Este Grimório também é muito raro. – Fui retirando os exemplares das prateleiras. Não entendi o clima de satisfação silente com que Thyrza me observava.

Coloquei de volta na estante o *Sadducismus Triumphatus* quando Thyrza me disse:

– É muito bom conhecer alguém que saiba apreciar nossos tesouros. A maioria das pessoas ou boceja ou fica boquiaberta.

– Você deve conhecer praticamente tudo sobre magia e bruxaria – disse eu. – De onde vem seu interesse pelo assunto?

– Difícil dizer, vem de muito tempo... Sabe quando olhamos para uma coisa sem a menor pretensão e, de repente, somos tomados por ela? É um estudo fascinante. As coisas em que as pessoas acreditam e as tolices que fazem por conta disso!

Eu ri.

– Isso me reconforta. Fico feliz por saber que não acredita em tudo o que lê.

– Você não deve me julgar tendo como base a pobre da Sybil. Eu percebi o seu olhar de superioridade, mas você estava errado. Ela é ingênua em muitos aspectos. Ela pega a feitiçaria, a demonologia, a magia negra e mistura tudo em uma gloriosa torta de ocultismo, mas ela tem o poder.

– O poder?

– Não sei de qual outra forma podemos chamar isso... *Há* pessoas que podem ser uma ponte viva entre nosso mundo e o mundo de poderes misteriosos. Sybil é uma delas, uma médium de primeiríssima qualidade. Nunca praticou a mediunidade por dinheiro. Mas seu dom é bastante excepcional. Quando eu, ela e Bella...

– Bella?

– Sim, Bella também tem seus poderes. Todas nós temos poderes, mas em diferentes escalas. Como grupo...

Ela interrompeu a fala de repente.

– Feiticeiras Ltda.? – sugeri, sorrindo.

– Podemos dizer que sim.

Olhei para o livro que estava em minhas mãos.

– Nostradamus?

– Nostradamus.

Eu perguntei tranquilamente:

– Você acredita *mesmo* nisso, não é?

– Eu não *acredito*. Eu *sei* – disse ela, triunfante.

Eu olhei para ela.

– Mas como? De que maneira? Por que razão?

Ela esticou o braço em direção às estantes.

– Uma grande bobagem tudo isso! Obras das mais ridículas! Mas esqueça-se de todas as superstições e preconceitos de época e verá que a base *é real*! A forma vai sendo aprimorada para impressionar as pessoas.

– Não entendi.

– Veja bem, meu querido, *por que* as pessoas, no decorrer de tantas eras, procuravam necromantes, feiticeiros e curandeiras? Por dois motivos apenas. Só existem duas coisas que as pessoas querem desesperadamente, a ponto de correrem o risco de serem condenadas. A poção do amor e o cálice de veneno.

— Ah!

— Tão simples, não é mesmo? Amor... e morte. A poção do amor para ganhar a quem se ama, a missa negra para segurar a quem se ama. Toma-se um gole em noite de lua cheia, recita-se o nome de demônios ou espíritos. Desenha-se figuras no chão ou na parede. Tudo um jogo de cena. A verdade é o afrodisíaco da poção.

— E a morte? — perguntei.

— Morte? — ela deu uma risadinha estranha, deixando-me sem graça. — Você se interessa *muito* pela morte?

— Quem não se interessa? — disse eu, ligeiramente.

— Tenho minhas dúvidas. — Ela olhou para mim de forma penetrante e sutil, desconcertando-me. — Morte. Sempre houve uma negociação maior em relação à morte do que há em relação à poção do amor. E mesmo assim, tudo era muito rudimentar antigamente! Pense nos Bórgias e em suas famosas poções secretas. Você sabe o que eles *realmente* usavam? Arsênico branco comum! O mesmo que qualquer esposa assassina de fundo de quintal. Mas progredimos muito desde essa época. A ciência ampliou nossas fronteiras.

— Você fala de venenos que não deixam vestígios? — minha voz era cética.

— Venenos! Que coisa *vieux jeu*.* Coisa de criança. Hoje temos novas possibilidades.

— E quais seriam?

— A *mente*. O conhecimento do que a mente *é*, do que ela *pode* fazer e do que podemos *induzi-la* a fazer.

— Por favor, continue. Isso é muito interessante.

— O princípio é bem conhecido. Os curandeiros já faziam uso dele há séculos em comunidades primitivas. Não é preciso matar a vítima. Basta *mandá-la morrer*.

— Sugestão? Mas só funciona quando a vítima acredita nisso.

---

* Antiquado, fora de moda. Em francês no original. (N.T.)

– Não funciona com os mais esclarecidos, você quer dizer – disse ela, corrigindo-me. – Às vezes funciona. Mas a questão não é essa. Nós fomos muito além dos curandeiros, e quem nos abriu caminho foram os psicólogos. O desejo de morte está aí, em todos nós. O trabalho é feito em cima disso, do desejo de morte!

– É uma ideia interessante – disse eu, sem demonstrar interesse científico. – Influenciar o sujeito a cometer suicídio, é isso mesmo?

– Não, você ainda não entendeu. Já ouviu falar em doenças traumáticas?

– É claro.

– As pessoas que têm um desejo inconsciente de não voltar ao trabalho acabam desenvolvendo enfermidades reais. Elas não se fingem de doentes, elas têm doenças reais, apresentam sintomas e sentem dor. Isso tem desafiado os médicos há muito tempo.

– Estou começando a entender o que quer dizer – disse eu, lentamente.

– Para destruir o sujeito, é preciso exercer o poder nesse eu inconsciente e secreto. O desejo de morte que existe em todos nós deve ser estimulado e fortalecido. – Ela foi ficando cada vez mais entusiasmada. – Esse eu que procura a morte acaba induzindo uma doença *real*. Você deseja adoecer, deseja morrer e, assim, adoece e morre.

Ela ergueu a cabeça, triunfante. De repente, senti-me frio. Tudo uma grande bobagem, é claro. Essa mulher era um tanto maluca, no entanto...

Do nada, Thyrza Grey começou a rir.

– Você não acredita em mim, não é?

– É uma teoria fascinante, srta. Grey, e admito que tem muito a ver com a pesquisa moderna. Mas de que maneira esse desejo de morte que todos temos seria estimulado?

– Isso não conto, é meu segredo! Há meios de se comunicar sem ter contato. Basta pensar em ondas de rádio, radares, televisão. Os experimentos no campo da percepção extrassensorial não avançaram como era de se esperar porque os pesquisadores não perceberam o princípio mais básico e simples. Pode-se ter uma experiência desse tipo por acidente, mas quando descobrimos *como* ela funciona, podemos repeti-la o tempo todo...

– *Você* consegue fazer isso?

Ela não me respondeu imediatamente. Depois disse, distanciando-se:

– Sr. Easterbrook, não me peça para revelar todos os meus segredos.

Ela saiu em direção ao jardim e eu a segui.

– Por que me contou todas essas coisas? – perguntei.

– Você entende meus livros. Às vezes precisamos conversar com alguém. E, além disso...

– Sim?

– Passou pela minha cabeça, e Bella sentiu a mesma coisa, que talvez você *precise de nós*.

– *Precisar de vocês?*

– Bella acha que você veio até aqui para nos encontrar. Ela quase nunca erra.

– E por que eu desejaria "encontrar vocês", como você mesma disse?

– Isso eu não sei – disse Thyrza Grey, suavemente. – Ainda.

Capítulo 7

Narrativa de Mark Easterbrook

I

– Então aí estão vocês! Estávamos nos perguntando onde vocês estariam. – Rhoda passou pela porta aberta e os outros vieram atrás dela. Ela olhou ao redor. – É aqui que vocês realizam as *sessões*, não é?

– Você está muito bem informada – disse Thyrza Grey, rindo de maneira debochada. – Nos vilarejos, as pessoas sabem muito mais da nossa vida do que nós mesmos. Temos uma reputação esplêndida e sinistra, pelo que ouvi dizer. Se fosse há cem anos, aqui teria uma fossa, um poço ou uma pira funerária. Minha tia-bisavó, ou talvez tataravó, foi queimada como bruxa, acho que na Irlanda. Que épocas, não é mesmo?

– Sempre achei que você fosse escocesa.

– Por parte de pai, e dele herdei a vidência. Irlandesa por parte de mãe. Sybil é nossa pitonisa, sua origem é grega. E Bella representa os antigos ingleses.

– Um coquetel humano *macabro* – observou o coronel Despard.

– Não me diga!

– Que divertido! – disse Ginger.

Thyrza olhou para ela de soslaio.

– Sim, de certa forma é divertido – ela se voltou para a sra. Oliver. – Você deveria escrever um livro sobre um assassinato com magia negra. Posso dar várias informações a respeito.

A sra. Oliver piscou os olhos e parecia sem graça.

— Só escrevo sobre assassinatos bem simples – falou ela, desolada, como se dissesse "só cozinho o mais trivial". – Escrevo sobre pessoas que querem tirar outras do caminho e tentam passar como espertas – acrescentou.

— Para mim elas são sempre espertas – disse o coronel Despard. Ele olhou para o relógio e disse: – Rhoda, eu acho que...

— Sim, está na hora de irmos. É mais tarde do que imaginava.

Agradecemos e fomos nos retirando. Não passamos por dentro da casa: saímos por um portão lateral.

— Vocês têm muitas aves – comentou o coronel Despard, olhando para um cercado de tela.

— Detesto galinhas – disse Ginger. – O cacarejar delas é irritante.

— A maioria é de galos – disse Bella, que tinha acabado de passar pela porta de trás.

— Galos brancos – eu disse.

— São para o consumo? – perguntou Despard.

— São inúteis para nós – disse Bella.

Ela abriu a boca formando uma longa linha curva em contraste com a desproporção do seu rosto. Tinha um olhar astuto e intencional.

— É a Bella quem cuida deles – disse Thyrza Grey calmamente.

Nós nos despedimos, e Sybil Stamfordis apareceu na porta da frente para acompanhar os convidados até a saída.

— Não gostei daquela mulher – disse a sra. Oliver após sairmos. – Não gostei dela *nem um pouco*.

— Não leve a velha Thyrza tão a sério – disse Despard, com indulgência. – Ela adora falar todas aquelas coisas para ver o efeito que terão sobre nós.

— Não estou falando dela, essa mulher sem escrúpulos e oportunista. Ela não é tão perigosa quanto a outra.

– Quem, Bella? Ela é bem misteriosa, tenho de admitir.

– Também não estou falando dela. Estou falando de Sybil. Ela *parece* ingênua, cheia de colares e roupas e toda aquela conversa sobre feitiçaria e reencarnações que nos contou. (Por que será que a cozinheira e a velha e feia camponesa não reencarnam? As pessoas sempre dizem que são a reencarnação da princesa egípcia ou dos belos escravos babilônios. Muito duvidoso.) Mas, apesar da aparente estupidez, tive o tempo inteiro a sensação de que ela realmente pode *fazer* coisas estranhas acontecerem. O que quero dizer é que ela poderia ser usada para o que quer que seja simplesmente por ser tola demais. Acho que vocês não entenderam – disse ela, de forma patética.

– Eu entendi – disse Ginger. – E acho que você está certa.

– Acho que deveríamos ir a uma das sessões – disse Rhoda, ansiosa. – Deve ser bem divertido.

– Não, você não vai – disse Despard, incisivo. – Não vou deixar que se envolva com essas coisas.

Eles começaram a discutir entre risadas, e eu só me manifestei quando ouvi a sra. Oliver perguntar sobre o horário do trem na manhã seguinte.

– A sra. pode voltar de carro comigo – disse eu.

A sra. Oliver pareceu em dúvida.

– Não, acho melhor eu voltar mesmo de trem...

– Qual é o problema? Você já andou de carro comigo, sou o mais confiável dos motoristas.

– Não é isso, Mark. É que amanhã preciso ir a um funeral, não posso chegar tarde à cidade – ela suspirou. – Eu *detesto* funerais.

– E você tem mesmo de ir?

– Acho que sim, nesse caso. Mary Delafontaine era uma velha amiga, e acho que ela *gostaria* que eu fosse.

– Claro! – exclamei. – Delafontaine, é claro.

Os outros olharam surpresos para mim.

– Desculpem-me – disse eu. – Só estou tentando me lembrar onde ouvi o nome Delafontaine recentemente. Foi você, não foi? – disse eu, olhando para a sra. Oliver. – Você disse que tinha ido visitá-la em uma clínica.

– Disse? É bem provável.

– Ela morreu de quê?

A sra. Oliver franziu a testa.

– Neuropatia tóxica, ou algo assim.

Ginger olhava para mim curiosa. Seu olhar era agudo e penetrante.

Quando saímos do carro, eu disse abruptamente:

– Acho que vou dar uma volta. Comi demais no almoço e no chá. Preciso queimar umas calorias.

Saí rapidamente, antes que alguém se oferecesse para me acompanhar. Eu queria muito ficar sozinho com minhas ideias.

Do que se tratava tudo isso? Deixe-me ver se consigo esclarecer um pouco as coisas. Tudo começou com aquela observação espantosa de Poppy, dizendo que deveríamos procurar o Cavalo Amarelo se quiséssemos nos livrar de alguém.

Depois disso, houve o meu encontro com Jim Corrigan e a lista de "nomes" ligada à morte do padre Gorman. Na lista estavam os nomes de Hesketh-Dubois e de Tuckerton, que me remeteu àquela noite na cafeteria Luigi. Também havia o nome de Delafontaine, levemente familiar. A sra. Oliver mencionou esse nome, relacionando-o a uma amiga doente que acabara de morrer.

Em seguida, por uma razão que ainda não está clara, procurei Poppy na floricultura. Ela negou veementemente saber de qualquer lugar chamado Cavalo Amarelo. E o mais impressionante é que ela estava com medo.

Hoje conheci Thyrza Grey.

Com certeza o Cavalo Amarelo e as senhoras que moram na casa são uma coisa e a lista de nomes é outra totalmente independente. Mas por que será que eu insistia em relacioná-los na minha mente? Por que cheguei a pensar que pudesse haver uma conexão entre as duas coisas?

A srta. Delafontaine supostamente vivia em Londres. A casa de Thomasina Tuckerton ficava em Surrey. Ninguém daquela lista parecia ter ligação com o pequeno vilarejo de Much Deeping. A não ser que...

Nesse momento, eu estava chegando perto do Armas do Rei, um pub autêntico, de boa reputação e uma placa novinha em que se lia "Servimos almoço, chá e jantar".

Empurrei a porta e entrei. O bar, que ainda estava fechado, ficava à esquerda, e à direita havia uma sala de espera minúscula fedendo a fumaça. Na ponta da escada havia uma placa: *Escritório*. Na porta do escritório havia uma janela de vidro hermeticamente fechada, onde havia um cartão impresso: "Toque a campainha". O lugar inteiro tinha o clima deserto de um pub naquela hora específica do dia. Em uma prateleira ao lado da janela do escritório havia um livro de registro de visitantes, desgastado pelo uso. Abri o livro e passei as páginas. Não havia muitos registros, talvez cinco ou seis entradas por semana, a maioria em uma única noite. Voltei as páginas prestando atenção nos nomes.

Fechei o livro pouco depois. O lugar continuava vazio. Nada havia para perguntar naquele momento, então saí de novo e senti a umidade da tarde.

Seria apenas coincidência que uma pessoa chamada Sandford e outra chamada Parkinson tivessem passado pelo Armas do Rei no último ano? Esses nomes estavam na lista de Corrigan. Tudo bem, não eram nomes incomuns. Mas eu me lembro de outro nome, Martin Digby.

Ele era sobrinho-neto da mulher que eu sempre chamei de tia Min, lady Hesketh-Dubois.

Continuei caminhando sem saber aonde estava indo. Queria muito conversar com alguém. Com Jim Corrigan. David Ardingly. Ou com Hermia, que era calma e tinha bom senso. Eu sempre ficava sozinho com meus pensamentos caóticos, e dessa vez não queria ficar sozinho. O que eu queria, com toda sinceridade, era conversar com alguém que me ajudasse a entender as coisas que passavam na minha mente.

Após caminhar mais ou menos durante meia hora por ruas lamacentas, cheguei ao portão do vicariato, subi por um caminho mal cuidado e apertei a campainha enferrujada na lateral da porta de entrada.

II

– Está com defeito – disse a sra. Dane Calthrop, que apareceu na porta feito um gênio, do nada.

Eu já tinha imaginado.

– Já foi consertada duas vezes – disse a sra. Dane Calthrop. – Mas nunca dura muito tempo. Por isso preciso ficar alerta no caso de ser algo importante. O que deseja é importante, não é?

– Sim, é importante sim... Para mim, quero dizer.

– Foi o que quis dizer... – ela olhou para mim, pensativa. – E pelo visto parece grave. Quem você procura, o vigário?

– Eu... não tenho certeza.

Eu procurava o vigário, mas naquele momento, de uma maneira inesperada, fiquei em dúvida e sem saber o porquê. Mas a sra. Dane Calthrop disse-me na mesma hora:

– Meu marido é um homem muito bom – disse ela. – Além de ser o vigário, digo. E isso costuma dificultar as coisas. Você sabe, as pessoas boas não entendem o mal – ela fez uma pausa e em seguida disse, rapidamente: – Acho melhor que seja *eu*.

Um leve sorriso brotou nos meus lábios.

– É você quem trata das questões relativas ao mal? – perguntei.

– Sim, sou eu. É importante em uma paróquia conhecer os vários pecados que acontecem.

– Mas não é o seu marido quem trata dos pecados? A tarefa oficial dele, quero dizer.

– O perdão dos pecados – disse ela, corrigindo-me. – Ele pode dar a absolvição. Eu não posso, mas – disse ela com a maior alegria – posso organizar e classificar os pecados para ele. Quando as pessoas sabem dos próprios pecados, fica mais fácil evitar que os outros sejam prejudicados. Não podemos ajudar as próprias pessoas. *Eu* não posso, quero dizer. Só Deus pode exigir o arrependimento, talvez você não saiba. Poucas pessoas sabem disso atualmente.

– Não posso competir com seu conhecimento – disse eu. – Mas gostaria muito de evitar que algumas pessoas sejam prejudicadas.

Ela olhou rapidamente para mim.

– Então é isso mesmo... é melhor você entrar, para ficarmos mais à vontade.

A sala de estar do vicariato era ampla e decadente. Ela recebia a sombra de um matagal vitoriano gigantesco que ninguém parecia ter energia para podar. Mas a luz fraca não era sombria, pelo contrário, era reconfortante. Todas as cadeiras já gastas davam a impressão de terem sido muito usadas no decorrer dos anos. Na chaminé da lareira havia um relógio grande que tiquetaqueava com uma regularidade intensa e confortante. Aquele era o espaço onde havia tempo para conversar, para dizer o que se queria, para relaxar das preocupações geradas pelo dia que brilhava lá fora.

Senti que ali, naquele lugar, moças de olhos arregalados que descobriram, entre lágrimas, que seriam mães confiaram seus problemas à sra. Dane Calthrop e receberam bons e ortodoxos conselhos; ali, parentes furiosos desabafaram ressentimentos em relação a outros parentes; ali, mães explicaram que o filho não era uma pessoa ruim, apenas eufórico demais, e que mandá-lo para um reformatório era uma ideia absurda. Ali, maridos e esposas revelaram suas dificuldades matrimoniais.

E ali estava eu, Mark Easterbrook, estudioso, escritor, um homem do mundo, de frente para uma mulher madura, grisalha e de olhos claros, pronta para acolher meus problemas. Por quê? Não sei. Eu só tinha a segurança estranha de que ela era a pessoa certa.

– Acabamos de tomar chá com Thyrza Grey – comecei.

Não tive dificuldade em explicar as coisas para a sra. Dane Calthrop. Sua atenção era contagiante.

– Entendo. O senhor ficou espantado? Também acho que é muito difícil lidar com aquelas três, elas são muito prepotentes. Na minha experiência, quem tem o dom de verdade não fica ostentando por aí. Elas poderiam ficar quietas quanto a isso. Agem como se seus pecados não fossem de fato ruins, e por isso querem falar sobre eles o tempo todo. O pecado é uma coisinha tão ignóbil e ordinária, e as pessoas têm necessidade de transformá-lo em algo grandioso e importante. As feiticeiras locais costumam ser velhas palermas e maldosas que gostam de assustar as pessoas e obter as coisas sem esforço, o que não é difícil. Quando as galinhas de uma senhora morrem, basta anuir com a cabeça e dizer em tom misterioso: "Ah, mas o filho dela mexeu com minha gata terça-feira passada". Bella Webb *poderia* ser uma bruxa desse tipo, mas também *poderia* ser algo mais do que isso... algo que perdura desde os tempos mais remotos e que agora aparece aqui e ali nas cidades rurais. É assustador quando isso acontece porque, além do desejo de impressionar, há uma malevolência real. Sybil Stamfordis é uma das mulheres mais tolas que já conheci, mas ela é uma médium de verdade, seja lá o que isso signifique. Sobre Thyrza, não sei dizer... O que ela lhe disse? Algo que o deixou perturbado, suponho.

– Sua experiência é realmente grandiosa, sra. Dane Calthrop. A senhora diria, por tudo que já viu e conheceu, que um ser humano pode ser destruído à distância, por outro ser humano, sem conexão visível?

A sra. Dane Calthrop arregalou os olhos.

– Quando você diz destruído, você se refere à morte? Um fato plenamente físico?

– Sim.

– Eu diria que isso é uma grande bobagem – disse a sra. Dane Calthrop, de maneira firme.

– Ah! – disse eu, aliviado.

– Mas é claro que eu poderia estar errada – disse a sra. Dane Calthrop. – Meu pai dizia que aeronaves eram uma besteira, e provavelmente meu bisavô tenha dito que estradas de ferro eram uma besteira. Mas os dois estavam certos, pois naquela época ambas eram impossíveis. Mas hoje não são mais. O que Thyrza faz, ativa um raio da morte ou algo do tipo? Ou as três desenham pentagramas e desejam a morte?

Eu sorri.

– As coisas começam a fazer sentido – falei. – Acho que aquela mulher me hipnotizou.

– Ah, não – disse a sra. Dane Calthrop. – Você não faz o tipo sugestionável. Deve ter sido outra coisa, algo que aconteceu *antes*.

— A senhora está certa. — Então, da maneira mais simplificada possível, contei a ela sobre o assassinato do padre Gorman e de como ouvi falar do Cavalo Amarelo no clube noturno. Tirei do bolso a lista com os nomes que copiei do papel que o dr. Corrigan me mostrara.

A sra. Dane Calthrop olhou a lista, franzindo a testa.

— Entendo... — disse ela. — Mas essas pessoas... o que elas têm em comum?

— Não sabemos ainda. Pode ter alguma coisa a ver com chantagem... ou tráfico.

— Bobagem — disse a sra. Dane Calthrop. — Não é isso que lhe preocupa. Você acredita mesmo é que *todos estejam mortos*, não é isso?

Dei um suspiro profundo.

— Sim — respondi. — É nisso que acredito. Acontece que eu não *sei* se é verdade. Três pessoas estão mortas: Minnie Hesketh-Dubois, Thomasina Tuckerton e Mary Delafontaine. Todas as três morreram de causas naturais, exatamente o que Thyrza Grey diz ser possível.

— Então quer dizer que ela *afirma* ter feito isso?

— Não, não. Ela não falou de ninguém especificamente, mas explicou o que acredita ser uma possibilidade científica.

— O que, a julgar pelas aparências, é uma bobagem — disse a sra. Dane Calthrop, pensativa.

— Eu sei. Se não fosse pela curiosa menção que me fizeram do Cavalo Amarelo, eu teria sido apenas educado e rido disso tudo.

— Sim — disse a sra. Dane Calthrop, contemplativa. — O Cavalo Amarelo. Muito sugestivo.

Ela ficou em silêncio por um momento. Depois, levantou a cabeça.

— É muito ruim que isso esteja acontecendo — disse ela. — É preciso deter o que quer que esteja por trás. Mas você já sabe disso.

– Sim, eu sei... mas o que podemos fazer?

– Isso você terá de descobrir. E não há tempo a perder – a sra. Dane Calthrop pôs-se imediatamente de pé, cheia de energia. – Você tem de se dedicar a esse caso imediatamente – refletiu ela. – Não há amigo que possa lhe ajudar?

Pensei. Jim Corrigan? Ocupado demais, com tempo de menos, e provavelmente já tinha feito tudo o que podia. David Ardingly não acreditaria em nenhuma palavra. Hermia? Sim, poderia ser. Uma mulher de mente sã e de uma lógica admirável. Se eu conseguisse convencê-la, seria uma torre de força. Afinal de contas, eu e ela... quero dizer, eu tinha alguém. Hermia era a pessoa certa.

– Pensou em alguém? Ótimo.

A sra. Dane Calthrop era rápida e metódica.

– Ficarei de olho nas três bruxas, mas ainda sinto que a resposta não está realmente com elas. Sabe quando ouvimos Sybil falar um tanto de sandices sobre os mistérios do Egito e as profecias dos textos das pirâmides? Tudo o que ela diz não passa de uma lenga-lenga, mas as pirâmides, os textos e os mistérios dos templos realmente existem. Sinto que Thyrza Grey sabe de algo, descobriu algo ou ouviu falar de algo e agora usa isso num emaranhado louco para engrandecer sua própria importância e controle dos poderes ocultos. As pessoas se orgulham demais da maldade. Não é estranho que as pessoas nunca se orgulhem de ser boas? Nisso consiste a humildade cristã, acredito. As pessoas nem sabem que são boas.

Ela ficou em silêncio por um momento, e disse:

– Precisamos de uma *ligação* qualquer. Uma ligação entre um desses nomes e o Cavalo Amarelo. Algo tangível.

Capítulo 8

O inspetor Lejeune levantou a cabeça ao escutar o assobio da canção "Father O'Flynn" no corredor. Dr. Corrigan entrou na sala.

– Desculpe desagradar a todos, mas o motorista daquele Jaguar não estava bêbado... – disse Corrigan. – O que o policial Ellis sentiu no hálito do motorista deve ter sido halitose, ou então está imaginando coisas.

Mas Lejeune, naquele momento, não estava interessado na amostra diária dos delitos dos motoristas.

– Venha cá, dê uma olhada nisto – disse ele.

Corrigan pegou a carta que lhe foi entregue. A caligrafia era elegante e pequena. No cabeçalho, lia-se Everest, Glendower Close, Bournemouth.

Prezado Inspetor Lejeune,
O senhor pediu que eu entrasse em contato caso visse o homem que seguia o padre Gorman na noite em que foi assassinado. Fiquei de olhos abertos na vizinhança durante todo esse tempo, mas nunca o vi.
Ontem, no entanto, fui a uma quermesse em um vilarejo a cerca de trinta quilômetros daqui. Eu queria me encontrar com a sra. Oliver, a famosa escritora de romances policiais, que autografaria seus livros no evento. Sou um leitor assíduo de histórias de detetive e estava bem curioso para vê-la pessoalmente.
O que vi, para minha surpresa, foi o homem que lhe descrevi, o mesmo que passou na porta da minha loja na noite do assassinato do padre Gorman. É provável que ele tenha se envolvido em algum acidente, pois

estava usando uma cadeira de rodas. Tentei descobrir discretamente quem ele era, e parece que o sobrenome dele é Venables. Ele mora em Priors Court, Much Deeping. Dizem que é um homem de recursos financeiros consideráveis.
Espero que esses detalhes possam servi-lo de alguma maneira,

Atenciosamente,
Zachariah Osborne

– E então? – disse Lejeune.
– Parece muito improvável – disse Corrigan, desanimado.
– Ao que parece, talvez. Mas não tenho tanta certeza...
– Não acho que esse sr. Osborne conseguiria ver um rosto com tamanha nitidez numa noite de neblina como aquela. Suspeito que seja apenas uma semelhança casual. Você sabe como são as pessoas: ligam do país inteiro dizendo terem visto uma pessoa desaparecida, e nove em dez vezes não há semelhança sequer com o retrato falado.
– Osborne não é desse tipo – disse Lejeune.
– E de que tipo ele é?
– Ele é um químico inteligente e respeitável, antiquado, quase uma caricatura, e é um grande observador. Um dos sonhos da vida dele é ir aos tribunais identificar uma esposa assassina que tenha comprado arsênico na sua farmácia.

Corrigan riu.
– Nesse caso, trata-se de um exemplo claro de devaneio.
– Talvez.

Corrigan olhou para ele com curiosidade.

– Então você acha que ele pode ter razão? O que vai fazer a respeito?

– Não há mal algum em fazer algumas perguntas a esse tal de Venables, que mora em Priors Court, Much Deeping.

Capítulo 9

Narrativa de Mark Easterbrook

I

– Quanta coisa incrível acontece no campo! – disse Hermia alegremente.

Tínhamos acabado de jantar. Na nossa frente havia um bule de café.

Olhei para ela. Não era exatamente aquilo que esperava que ela dissesse. Passara os últimos quinze minutos contando-lhe minha história, a qual ela ouviu atenta e com interesse. Mas a resposta não era mesmo o que eu esperava. O tom da voz dela era indulgente: não parecia nem chocada nem impressionada.

– Quem diz que o campo é monótono e que as cidades são cheias de emoção não sabe do que está falando – continuou ela. – As últimas bruxas se refugiaram em cabanas em ruínas, missas negras são celebradas por jovens decadentes em mansões remotas. A superstição corre solta em lugares isolados, solteironas de meia-idade sacodem falsos escaravelhos, realizam sessões espíritas e seguram canetas de maneira lúgubre sobre folhas de papel branco. Seria possível escrever uma série bem interessante de artigos sobre o assunto. Por que você não tenta?

– Acho que você não entendeu nada do que eu disse, Hermia.

– É claro que *entendi*, Mark. Achei tudo *extremamente* interessante. É uma página arrancada da história, todas as tradições perdidas e esquecidas da Idade Média.

– Não estou interessado nos termos históricos da questão – disse eu, irritado. – Estou interessado nos fatos, em um pedaço de papel com uma lista de nomes. Eu sei o que aconteceu com algumas dessas pessoas. Mas o que aconteceu ou acontecerá com o resto?

– Você não está tomado demais pela emoção?

– Não – disse eu, obstinado. – Acho que não. Parece ser uma ameaça real. E não sou o único que pensa assim A esposa do vigário concorda comigo.

– Oh, a esposa do vigário! – disse Hermia, desdenhosa.

– Não fale dela desse jeito! Ela é uma mulher extraordinária. Isso tudo é *real*, Hermia.

Hermia deu de ombros.

– Talvez.

– Mas você não acha que seja, não é?

– Eu acho, Mark, que você está imaginando coisas. Ouso até dizer que aquelas três solteironas são bem autênticas em acreditar nisso tudo. Tenho certeza de que são solteironas asquerosas!

– Mas não exatamente sinistras?

– Ora, Mark, como *poderiam ser*?

Fiquei em silêncio por um momento. Minha mente titubeava, indo da luz às trevas e de volta à luz. O Cavalo Amarelo representava as trevas, e Hermia, a luz. Eu enxergava uma luz clara e perceptível, uma lâmpada presa no bocal iluminando todos os cantos escuros. Não havia absolutamente nada lá, apenas os objetos cotidianos que geralmente encontramos nos quartos. Mesmo assim, a luz de Hermia, por mais clara que fosse, era uma luz *artificial*...

Minha mente girou novamente, resoluta e obstinada.

– Quero examinar tudo isso, Hermia. Entender exatamente o que está acontecendo.

– Eu concordo, acho que deve mesmo fazer isso. Seria bem interessante. Na verdade, seria bem divertido.

– Mas não tem nada de divertido! – disse eu, secamente. E continuei: – Quero saber se você vai me ajudar, Hermia.

— Ajudá-lo? Como?

— Ajudar na investigação. Esclarecer o que está havendo.

— Mas Mark, meu querido, eu estou terrivelmente ocupada nesse momento. Estou escrevendo um artigo para o jornal, há a pesquisa sobre Bizâncio. Além disso, eu prometi a dois alunos que...

A voz dela era tão razoável e sensível que eu mal consegui prestar atenção.

— Eu entendo – disse eu. – Você já tem afazeres demais.

— Exato. – Hermia ficou visivelmente feliz com minha anuência. Ela sorriu para mim, e mais uma vez eu fui tomado por sua expressão de indulgência, feito uma mãe que observa o filho concentrado em um novo brinquedo.

Mas que coisa, eu não era um garotinho. Eu não procurava uma mãe, e certamente não esse tipo de mãe. Minha mãe tinha sido encantadora e imprestável, e todos à sua volta, inclusive eu, adoravam cuidar dela.

Olhei friamente para Hermia do outro lado da mesa.

Tão bonita, tão madura, tão intelectual e culta! E ao mesmo tempo tão... como posso dizer... tão enfadonha!

II

Tentei entrar em contato com Jim Corrigan na manhã seguinte, em vão. No entanto, deixei uma mensagem dizendo que estaria em casa entre seis e sete horas da noite, caso ele quisesse aparecer para tomarmos uma bebida. Eu sabia que ele era um sujeito ocupado e fiquei em dúvida se conseguiria responder a um convite de última hora, mas ele apareceu pontualmente às seis e cinquenta. Enquanto eu lhe servia um uísque, ele andava pela sala olhando os quadros e os livros. Por fim, observou que não se importaria em ser um imperador mongol em vez de um médico legista sobrecarregado de trabalho.

– Embora esses imperadores – disse ele enquanto se sentava em uma poltrona – sofressem muito com as mulheres. Pelo menos desse problema eu escapei.

– Então você não é casado?

– De jeito nenhum. Nem você, a julgar pela confortável bagunça em que vive. Uma esposa colocaria tudo em ordem num piscar de olhos.

Eu disse que não considerava as mulheres tão ruins quanto ele. Segurando meu copo, sentei-me diante dele.

– Você deve estar se perguntando por que eu queria vê-lo com tanta urgência. A verdade é que aconteceu algo que provavelmente tem uma ligação direta com o que discutimos na última vez em que nos vimos.

– Do que falávamos mesmo? Ah, sim, o caso do padre Gorman.

– Sim. Mas, antes disso, o nome Cavalo Amarelo te diz alguma coisa?

– Cavalo *amarelo*... *cavalo* amarelo... Não, acho que não. Por quê?

– Porque sinto que é possível haver nisso uma ligação com a lista de nomes que você me mostrou. Eu estive no interior com alguns amigos, em um lugar chamado Much Deeping, e eles me levaram a um lugar onde já funcionou um pub. Chama-se Cavalo Amarelo.

– Ei, calma lá! Much Deeping? Isso fica perto de Bournemouth?

– Fica a uns 25 quilômetros de Bournemouth.

– E por acaso você conheceu um sujeito chamado Venables?

– Sim.

– Conheceu? – Corrigan endireitou o corpo, entusiasmado. – Você tem mesmo o dom de aparecer nos lugares certos! Me diga, como ele é?

– É um homem notabilíssimo.

– É mesmo? Notável em que sentido?

– Principalmente pela personalidade forte. Embora esteja incapacitado por conta de uma poliomielite.

– *O quê?*

– Ele teve poliomielite há alguns anos. Está paralisado da cintura para baixo.

Corrigan afundou o corpo na poltrona com um olhar de indignação.

– Mas então é isso! Achei que era bom demais para ser verdade.

– O que quer dizer?

– Você precisa conhecer o inspetor Lejeune – disse Corrigan. – Ele vai se interessar pelo que você disse. Quando Gorman foi assassinado, Lejeune procurou pelas pessoas que o viram naquela noite. A maioria das respostas foi inútil, como sempre. Mas um homem chamado Osborne tinha uma farmácia naquela região. Ele disse ter visto Gorman passando na porta da farmácia naquela noite, e também um sujeito passando logo depois do padre. Naturalmente, ele não imaginou maldade alguma naquele momento. O que importa é que ele conseguiu descrever esse sujeito em detalhes, o suficiente para reconhecê-lo caso o encontrasse de novo. Há alguns dias, Lejeune recebeu uma carta de Osborne, que se aposentou e hoje mora em Bournemouth. Ele foi a uma quermesse na região e viu o sujeito lá, em uma cadeira de rodas. Osborne perguntou quem era e disseram-lhe que se chamava Venables.

Ele olhou para mim interrogativamente. Eu anuí com a cabeça.

– Muito bem – disse eu. – Era Venables, sim, ele estava na quermesse. Mas não pode ser o mesmo sujeito que seguiu o padre Gorman em Paddington. É fisicamente impossível. Osborne se enganou.

— Osborne o descreveu em detalhes. Cerca de um metro e oitenta de altura de altura, nariz adunco e um pomo de adão proeminente. Certo?

— Certo, a descrição se encaixa. Mas dá na mesma.

— Eu sei. O sr. Osborne não é necessariamente tão bom em reconhecer as pessoas quanto pensa que é. Certamente ele se confundiu por uma semelhança casual. Mas é estranho ver você falando exatamente da mesma região, e de um cavalo amarelo ou coisa do tipo. O que é esse cavalo amarelo? Conte-me.

— Você não vai acreditar — alertei-o. — Eu mesmo não acredito.

— Vamos, comece.

Relatei a conversa que tive com Thyrza Grey. A reação dele foi imediata.

— Mas que baboseira mais estúpida!

— Você também acha?

— É claro! O que há com você, Mark? Galos brancos, suponho, para fazer sacrifícios! Uma médium, uma feiticeira local e uma solteirona de meia-idade que solta raios mortais. Que loucura, meu caro.

— Sim, é loucura — disse eu, decisivo.

— Qual é, pare de concordar comigo, Mark. Quando age assim, você dá a impressão de que há algo mais por trás disso. Você *não acredita* que haja, acredita?

— Deixe-me perguntar-lhe uma coisa antes. É sobre todos termos uma pulsão ou um desejo secreto de morte. Existe alguma verdade científica nisso?

Corrigan hesitou por um momento e disse:

— Eu não sou psiquiatra. Mas, cá entre nós, acho que grande parte dos psiquiatras é meio amalucada de tanto elucubrar teorias. Eles vão longe demais. Posso afirmar que a polícia não gosta de testemunhas que se dizem especialistas e sempre defendem o assassino, justificando por que o sujeito matou a inofensiva senhora por causa do dinheiro no cofre.

– Você prefere sua teoria das glândulas?

Ele sorriu ironicamente.

– Tudo bem, tudo bem. Admito que também sou teórico. Mas há uma boa razão física por trás da minha teoria, só falta eu chegar até ela. Agora, falar em subconsciente? Faça-me o favor!

– Você não acredita?

– É claro que *acredito*. Mas esses caras vão longe demais. É claro que existe o tal desejo inconsciente de morte, mas não chega nem perto do que eles dizem ser.

– Mas ele *existe*, certo? – insisti.

– Acho que você devia comprar um bom livro de psicologia e se inteirar do assunto.

– Thyrza Grey diz que sabe tudo o que é preciso saber.

– Thyrza Grey – bufou ele. – O que uma solteirona inexperiente, morando no campo, sabe sobre psicologia?

– Ela diz saber muito.

– Como eu disse antes, baboseira!

– Isso é o que as pessoas sempre dizem sobre qualquer descoberta que não esteja de acordo com as ideias reconhecidas. Quando foi descoberto que sapos contorciam as pernas...

Ele me interrompeu.

– Então quer dizer que você caiu feito um patinho na história dela?

– De jeito nenhum – disse eu. – Eu só queria saber se o que ela diz tem alguma base científica.

Corrigan bufou.

– Base científica? Qual é!

– Tudo bem, eu só queria confirmar.

– Só falta você dizer que ela é a Mulher da Caixa.

– Mulher da Caixa?

– Mais uma dessas histórias extraordinárias que surgem de tempos em tempos, vindas de Nostradamus ou Mãe Shipton.* As pessoas acreditam em qualquer coisa.

– Bom, mas você já teve algum progresso com a lista de nomes?

– O pessoal está trabalhando muito, mas essas coisas exigem tempo e rotina. Não é fácil rastrear ou identificar sobrenomes sem endereço ou primeiros nomes.

– Vejamos por outro ângulo, e eu aposto que estou certo nisso. Em um período relativamente curto, digamos que de um ano e meio para cá, todos os nomes da lista apareceram em uma certidão de óbito. Estou certo?

Ele me olhou estranho.

– Se quer mesmo saber... sim, você está certo.

– Então é isso que os nomes têm em comum. A morte.

– Mas isso não quer dizer tanta coisa assim, Mark. Você tem ideia de quantas pessoas morrem todos os dias nas Ilhas Britânicas? E alguns daqueles nomes são muito comuns, o que não ajuda muito.

– Delafontaine – disse eu. – Mary Delafontaine. Não é um nome muito comum. Pelo que sei, o funeral dela foi terça-feira passada.

Ele me olhou de soslaio.

– Como você sabe disso? Aposto que leu nos jornais.

– Soube por meio de uma amiga dela.

– Nada há nada duvidoso com a morte dela, posso garantir isso. Aliás, nenhuma das mortes que a polícia investigou é questionável. Seria suspeito se fossem "acidentes". Mas todas as mortes foram perfeitamente normais: pneumonia, hemorragia cerebral, tumor no cérebro, cálculo na vesícula, um caso de poliomielite, nada suspeito.

Concordei com a cabeça.

---

* Mother Shipton (c. 1488-1561): profetisa inglesa. (N.T.)

— Nada de acidentes — disse eu. — Nada de envenenamentos, e sim doenças comuns que levaram à morte. Exatamente como afirma Thyrza Grey.

— Você está realmente sugerindo que aquela mulher é capaz de provocar a morte por pneumonia em alguém que ela nunca viu, a quilômetros de distância?

— Não estou *sugerindo* nada. *Ela* fez isso. É algo fora do comum e *adoraria* pensar que é impossível. Mas há fatores curiosos nisso. A menção ao Cavalo Amarelo, junto com a eliminação de pessoas indesejadas. Há um lugar chamado Cavalo Amarelo, e a mulher que mora lá praticamente se vangloria dos efeitos possíveis de sua atuação. Naquela região mora um sujeito reconhecido categoricamente como o homem que seguia o padre Gorman na noite em que ele foi morto, na mesma noite em que foi atender ao chamado de uma moribunda que falou de uma "grande maldade". Não acha que são muitas coincidências?

— Aquele homem não pode ser o Venables, pois segundo você mesmo, ele está paralisado há anos.

— Não seria possível, do ponto de vista médico, que a paralisia fosse falsa?

— Claro que não. Mesmo que fosse, os membros já estariam atrofiados.

— Isso com certeza parece dirimir a questão — admiti com um suspiro. — Uma pena. Se houvesse uma organização... não sei muito bem como denominar... uma organização especializada na "eliminação" de pessoas, Venables seria o chefe. As coisas que ele tem em casa representam uma riqueza inestimável. De onde vem tanto dinheiro?

Fiz uma pausa, e prossegui:

— Todas essas pessoas que morreram naturalmente de uma ou outra causa... alguém lucrou com a morte delas?

— Sempre há alguém que lucra com a morte, em maior ou menor grau. Não havia circunstâncias suspeitas, se é isso o que quer saber.

— Não sei não...

— Lady Hesketh-Dubois, como você deve saber, deixou para um sobrinho e uma sobrinha cerca de cinquenta mil. O sobrinho mora no Canadá, e a sobrinha é casada e mora no norte da Inglaterra. O dinheiro veio a calhar para os dois. Thomasina Tuckerton herdou uma fortuna gigantesca do pai. Se ela morresse solteira antes de completar 21 anos, a herança passaria automaticamente para a madrasta, que parece uma criatura bem honesta. Temos ainda a tal sra. Delafontaine, cuja herança ficou para uma prima...

— Ah é? E essa prima?

— Mora no Quênia com o marido.

— Todos maravilhosamente ausentes — comentei.

Corrigan olhou para mim, nervoso.

— Dos três Sandford que bateram as botas, um deles deixou uma esposa muito mais nova do que ele, a qual logo se casou de novo. O falecido Sandford era católico romano, jamais daria o divórcio. Um sujeito chamado Sidney Harmondsworth, que morreu de hemorragia cerebral, era suspeito na Scotland Yard de ganhar dinheiro praticando chantagem. Acredito que vários figurões da sociedade devem estar aliviados pelo desaparecimento dele.

— Você está dizendo que todas as mortes foram *convenientes*. E Corrigan?

Corrigan sorriu.

— Corrigan é um nome comum. Várias pessoas com esse nome morreram, mas, até onde sabemos, ninguém tirou vantagem de nenhuma das mortes.

— Isso resolve a questão. *Você* é a próxima vítima em potencial. Tome cuidado.

– Pode deixar. E não pense que a Bruxa de Endor vai me derrubar com uma úlcera ou com uma gripe espanhola. Não sou tão sensível assim.

– Ouça, Jim. Eu quero investigar as coisas que Thyrza Grey diz. Você vai me ajudar?

– Não, não vou. Não consigo entender como um sujeito estudado como você pode se deixar levar por uma baboseira dessas.

Eu suspirei.

– Será que você pode usar outra palavra? Já estou cansado dessa.

– Conversa fiada, se você preferir.

– Também não gosto muito.

– Mark, como você é teimoso!

– Alguém precisa ser! – respondi.

Capítulo 10

Glendower Close era um lugar novíssimo. Estendia-se em um semicírculo irregular e ao fundo os pedreiros ainda trabalhavam. No centro havia um portão com o nome Everest escrito em uma placa.

O inspetor Lejeune logo reconheceu o sr. Zachariah Osborne, que, agachado, plantava mudas na beirada do jardim. Ele abriu o portão e entrou. O sr. Osborne virou-se para ver quem havia entrado na sua propriedade. Ao reconhecer o visitante, seu rosto ficou ainda mais corado, pois fora tomado por uma onda de satisfação. O sr. Osborne, morando no campo, procurava exatamente a mesma coisa de quando morava em Londres. Usava botas resistentes e camisa de manga comprida, mas esses trajes caseiros não diminuíam o mérito de sua aparência asseada. Gotas de suor despontavam do brilho de sua careca, gotas que ele secou com um lenço antes de se aproximar do visitante.

– Inspetor Lejeune! – exclamou ele, agradavelmente. – Mas que honra recebê-lo! De verdade, senhor! Recebi sua resposta à minha carta, mas não imaginava tê-lo aqui pessoalmente. Seja bem-vindo à minha modesta morada, bem-vindo a Everest. Talvez o nome lhe seja uma surpresa... sempre tive grande interesse no Himalaia, acompanhei todos os detalhes da expedição ao Everest. Grande conquista para o nosso país! Sir Edmund Hillary, que homem notável, quanta resistência! Como nunca passei por algo parecido, aprecio a coragem de quem se aventura a escalar e desbravar montanhas ou navegar por mares congelados para descobrir os segredos dos polos. Mas venha, entre e tome alguma coisa comigo.

O sr. Osborne conduziu Lejeune até um pequeno chalé extremamente limpo, mas mobilhado de maneira bem simples.

– Ainda não terminei – explicou o sr. Osborne. – Vou ao comércio local sempre que possível e vejo ótimas ofertas, pagando um quarto do que pagaria nas lojas. Então, o que quer beber? Uma taça de xerez? Cerveja? Uma xícara de chá? Posso ferver a água num instante.

Lejeune disse que preferia uma cerveja.

– Aqui está – disse o sr. Osborne ao retornar com duas canecas de alumínio cheias até a borda. – Sente-se e descanse, descanse sempre. Everest. Hahaha. O nome da minha propriedade tem duplo sentido. Adoro essas piadinhas.*

Depois dessas amenidades introdutórias, o sr. Osborne inclinou-se para frente, confiante.

– A informação que lhe dei foi útil?

Lejeune agiu com a maior cautela possível.

– Não da maneira que esperávamos.

– Mas que pena! Então suponho que não há razão para que o cavalheiro que seguia o padre Gorman fosse necessariamente o assassino. Seria mesmo esperar demais. E esse sr. Venables é um sujeito muito rico e respeitado na região, frequentando sempre os melhores círculos.

– Acontece que a pessoa que o senhor viu naquela noite não pode ter sido o sr. Venables – disse Lejeune.

– Ah, mas era ele, sim. Tenho certeza absoluta. Eu *nunca* me confundo quando se trata do rosto das pessoas.

– Acho que dessa vez o senhor se confundiu – disse Lejeune, gentilmente. – Veja bem, o sr. Venables teve poliomielite. Ele está paralisado da cintura para baixo há três anos.

---

* Trocadilho com "descanse sempre" – "ever rest", em inglês. (N.T.)

– Pólio! – esbravejou o sr. Osborne. – Que pena... isso parece pôr um ponto final na questão. Mas... com todo respeito, inspetor Lejeune, espero que o senhor não se ofenda. Ele é mesmo paralítico? Quer dizer, há algum laudo médico que comprove isso?

– Sim, sr. Osborne. O sr. Venables é paciente de sir William Dugdale, da rua Harley, um médico reconhecido.

– Sim, ele é membro da Academia Real de Medicina de Londres. Um nome muito conhecido. Pelo jeito errei feio nesse caso. Mas eu tinha tanta certeza! Desculpe incomodá-lo por nada.

– Não fique chateado – disse Lejeune imediatamente. – Sua informação ainda é muito valiosa. O homem que o senhor viu deve se parecer bastante com o sr. Venables, e como o sr. Venables tem uma aparência incomum, essa informação é a mais valiosa que temos. Pouquíssimas pessoas correspondem a essa descrição.

– É verdade – animou-se o sr. Osborne. – Um criminoso que se parece com o sr. Venables. Certamente não deve haver muitos. E os arquivos da Scotland Yard...

Ele olhou esperançoso para o inspetor.

– Talvez não seja tão simples – disse Lejeune. – Talvez ele não tenha ficha na polícia. Além disso, como o senhor mesmo disse há pouco, não há motivos suficientes para presumir que esse sujeito tenha ligação com o ataque ao padre Gorman.

O sr. Osborne pareceu desapontado de novo.

– Por favor, me perdoe. Acho que acabei me enganando... Eu gostaria tanto de ser útil para solucionar um caso de assassinato... E posso lhe garantir que eu seria impassível no meu testemunho, não mudaria de opinião por nada nesse mundo.

Lejeune ficou em silêncio, analisando o anfitrião, até que o sr. Osborne reagiu ao olhar do inspetor.

– Sim?

— Sr. Osborne, *por que* o senhor não mudaria de opinião por nada nesse mundo?

O sr. Osborne pareceu surpreso com a pergunta.

— Porque eu tenho tanta certeza... ah, é claro, entendo o que quer dizer, pois não se tratava do mesmo homem. Eu não teria motivo para ter certeza... mas mesmo assim tenho!

Lejeune inclinou-se para frente.

— Você deve estar se perguntando por que eu vim até aqui, já que tenho evidências médicas de que o homem que o senhor viu não poderia ser o sr. Venables.

— Exato. Então, inspetor Lejeune, por que veio até aqui?

— Eu vim porque sua convicção me impressiona — disse Lejeune. — Eu quero saber no que exatamente se baseia sua certeza. Lembre-se de que havia muita neblina naquela noite. Eu estive na farmácia, parei na porta onde o senhor estava e olhei para o outro lado da rua. Sinto que no meio da neblina seria muito difícil identificar alguém com clareza naquela distância.

— O senhor tem razão, mas só até certo ponto. A neblina ainda estava *se formando*, ou seja, a rua ainda estava clara em determinados pontos. E foi num ponto mais claro no meio da neblina que avistei com tanta clareza o padre Gorman do outro lado da rua, e logo depois o homem que o seguia. Além disso, quando o homem passava exatamente diante de mim, ele pegou o isqueiro e acendeu um cigarro. Naquele momento pude ver nitidamente o seu perfil, o nariz, o queixo, o pomo de adão bem pronunciado. Um homem de feições chamativas, foi o que pensei. Era a primeira vez que o via, e tinha certeza de que o teria identificado se ele já tivesse entrado na minha farmácia. Entende?

O sr. Osborne parou de falar.

— Sim, entendo — disse Lejeune, pensativo.

– Um irmão? – sugeriu o sr. Osborne, esperançoso.
– Um irmão gêmeo, talvez. Isso, sim, solucionaria o caso.
– O caso dos irmãos gêmeos? – Lejeune sorriu e balançou a cabeça. – Funciona muito bem na ficção. Mas na vida real... – Ele balançou de novo a cabeça. – Não acontece, entende? Isso simplesmente não acontece.

– Suponho que não. Mas poderia ser apenas um irmão, alguém com semelhança familiar... – O sr. Osborne parecia ansioso.

– Pelo que sabemos, o sr. Venables não tem irmãos – disse Lejeune, com cuidado.

– Pelo que sabem? – O sr. Osborne repetiu as palavras.

– Ele é estrangeiro, apesar da nacionalidade britânica. Chegou à Inglaterra com os pais quando tinha onze anos de idade.

– Você não sabe muito sobre ele, então? Digo, sobre a família dele?

– Não – disse Lejeune, pensativo. – A maneira mais fácil de obter informações sobre o sr. Venables é perguntar diretamente para ele, e não temos motivo para isso.

As palavras de Lejeune eram ponderadas. Havia como descobrir as coisas de outra maneira, mas ele não tinha a menor intenção de dizer isso ao sr. Osborne.

– Então, se não fosse pelo laudo médico – disse Lejeune, pondo-se de pé –, você teria certeza de que era o mesmo homem?

– Absoluta – disse o sr. Osborne, também colocando-se de pé. – Memorizar o rosto das pessoas é um hobby – disse ele, dando uma risada. – Já surpreendi muitos clientes por conta disso, quando perguntava se já tinham melhorado da asma ou quando dizia que me lembrava da receita assinada pelo dr. Hargreaves. As pessoas ficavam admiradas, e a farmácia tinha um bom retorno. As pessoas gostam de ser lembradas, por mais que com nomes eu não fosse tão bom. Comecei a tomar gosto por isso desde cedo. Se há pessoas que conseguem, por que não eu? Acaba ficando automático depois de um tempo, quase não é preciso fazer esforço.

Lejeune suspirou.

– Eu adoraria ter uma testemunha como você – disse ele. – Identificar as pessoas é um negócio delicado. A maioria das pessoas não diz nada de útil, atendo-se a coisas como "Acho que é alto. Loiro, mas não tão loiro, um rosto comum e olhos azuis. Ou verdes, talvez castanhos. Usava uma capa de chuva cinza, ou talvez azul-escura."

O sr. Osborne riu.

– E isso não ajuda mesmo.

– Francamente, uma testemunha como o senhor é uma dádiva de Deus.

O sr. Osborne parecia contente.

– É um dom – disse ele, modestamente. – Mas veja bem, eu desenvolvi o meu dom. Sabe aquela brincadeira de festas infantis, quando vários objetos são colocados em uma bandeja e você tem alguns minutos para memorizá-los? Eu sempre adivinho cem por cento dos objetos, e as pessoas se surpreendem com isso. "Que maravilha", dizem elas. Não há maravilha alguma nisso, é um talento que vem com a prática – disse ele, rindo. – Também costumo ser um ótimo ilusionista e divirto bastante as crianças nas festas de Natal. Desculpe-me, sr. Lejeune, o que tem guardado no bolso do casaco? – Ele inclinou-se para frente e "tirou" um pequeno cinzeiro do bolso. – Ora, ora, e pensar ainda que o senhor é membro de destaque do corpo policial!

Ele e Lejeune riram entusiasmados. Depois, o sr. Osborne deu um suspiro.

– O lugar onde moro é um bom lugar, senhor. Os vizinhos são agradáveis e amigáveis. É a vida que procuro ter há anos, mas devo admitir, sr. Lejeune, que sinto falta de ter meu próprio negócio. Sinto falta das pessoas entrando e saindo o tempo todo, dos tipos diferentes para analisar. Esperei muito para ter meu pedaço de terra, e tenho vários atrativos aqui. Borboletas, como lhe disse, além de observar pássaros de vez em quando. Não imaginei que sentiria tanta falta do elemento humano no meu dia a dia.

"Tenho planos modestos de viajar para o exterior. Bem, eu estive na França durante um fim de semana. Uma viagem interessante, eu diria, mas sinto profundamente que a Inglaterra é o bastante para mim. Para começar, não me interesso pela culinária estrangeira. Pelo que vejo, eles não têm a menor ideia de como preparar ovos com bacon."

Ele suspirou novamente.

– Veja só como é a natureza humana. Eu não via a hora de me aposentar, e agora estou pensando em comprar parte de uma farmácia aqui em Bournemouth. Nada que me prenda ao trabalho o tempo inteiro, mas só para que eu me sinta um pouco mais útil e envolvido nas coisas novamente. Deve acontecer o mesmo com você quando se aposentar. Fazemos planos para o futuro, mas, quando chega o momento, sentimos falta da vida que ficou para trás.

Lejeune sorriu.

– A vida de um policial não é romântica e empolgante como se pensa, sr. Osborne. O senhor tem uma visão superficial do crime. A maior parte do que vivemos é uma rotina banal. Nem sempre estamos perseguindo criminosos ou seguindo pistas misteriosas. De fato, nosso trabalho pode ser bem maçante.

O sr. Osborne não parecia convencido.

– O senhor sabe disso melhor do que eu – disse ele.
– Sinto muito não ter conseguido ajudá-lo. Se houver algo mais que eu possa fazer, a qualquer hora...

– Eu entro em contato caso precisemos – prometeu Lejeune.

– Senti que aquele dia na quermesse era uma grande oportunidade... – murmurou Osborne em tom de tristeza.

– Eu sei. Uma pena que o laudo médico seja tão contundente. Não podemos passar por cima disso, não é mesmo?

– Bem – O sr. Osborne deixou a palavra no ar, mas Lejeune não percebeu e foi saindo altivamente. O sr. Osborne parou no portão para observá-lo.

– Laudo médico... – disse ele. – Francamente! Se ele soubesse metade do que sei sobre os médicos! Quanta inocência, francamente.

Capítulo 11

Narrativa de Mark Easterbrook

I

Primeiro, Hermia. Agora, Corrigan.

Então quer dizer que eu estava fazendo papel de ridículo?

Para mim, toda aquela baboseira era verdade. A impostora da Thyrza Grey tinha me convencido sobre um monte de coisas sem sentido. Eu era um crédulo, um idiota supersticioso!

Resolvi esquecer esse negócio maldito por completo. Afinal, o que isso tinha a ver comigo? No entanto, em meio a uma névoa de desilusão, ouvi a voz insistente da sra. Dane Calthrop: "Você TEM de fazer alguma coisa". Muito fácil falar desse jeito. "Você precisa de alguém para ajudá-lo".

Pedi ajuda a Hermia, pedi ajuda a Corrigan. Nenhum dos dois me deu ouvidos, e não havia mais ninguém.

A não ser que...

Fiquei sentado por um momento, pensando na ideia.

De impulso, peguei o telefone e liguei para a sra. Oliver.

– Alô. É Mark Easterbrook quem fala.

– Pois não?

– Qual é mesmo o nome daquela moça que estava hospedada conosco durante a quermesse?

– Deixe-me lembrar... Sim, claro, o nome dela é Ginger.

– Sim, disso me lembro. Mas qual é o sobrenome dela?

– Ah, isso não sei. Hoje é difícil ouvirmos o sobrenome das pessoas. E aquela foi a primeira vez que a vi. – Houve uma leve pausa, e a sra. Oliver disse: – Ligue para Rhoda e pergunte a ela.

Não gostei da ideia. Eu me sentia um tanto envergonhado em fazer isso.

– Não posso fazer isso – disse eu.

– É simples – disse a sra. Oliver, incentivando-me. – Diga apenas que perdeu o endereço dela, que não consegue se lembrar do sobrenome e que prometeu enviar um dos seus livros a ela, o nome de um lugar que venda caviar mais barato, devolver um lenço que ela te emprestou para assoar o nariz, o endereço de uma amiga rica que quer restaurar um quadro. Alguma dessas desculpas serve? Posso pensar em várias, se precisar de mais alguma.

– Essas já bastam, perfeitamente – garanti.

Desliguei o telefone, disquei o número 100 e logo estava falando com Rhoda.

– Ginger? – disse Rhoda. – Ah, ela mora na Calgary Place, 45. Espere um momento, vou te dar o telefone. – Ela se distanciou do aparelho e voltou um momento depois. – O telefone é 35987. Anotou?

– Sim, obrigado. E qual é o nome dela?

– O nome dela? Ah, sim, o *sobrenome* dela. Corrigan. Katherine Corrigan. O que você disse?

– Nada. Obrigado, Rhoda.

Que coincidência. Corrigan. Duas pessoas de nome Corrigan. Talvez fosse uma mulher.

Liguei para o número 35987.

II

Ginger sentou-se na minha frente em uma mesa no Cacatua Branca, onde nos encontramos para tomar uma bebida. Ela estava com a mesma aparência agradável de quando nos encontramos em Much Deeping: o cabelo ruivo meio despenteado, o rosto sardento envolvente e os olhos verdes alertas. Ela usava um traje típico londrino composto de calça justa, blusa de jérsei e meias pretas de lã, mas continuava sendo a mesma Ginger, aquela que muito me agradava.

– Tive um trabalho enorme para encontrá-la – disse eu. – Não sabia seu nome, seu endereço, muito menos seu telefone. Estou com um problema.

– É o que minha diarista sempre diz. Geralmente significa que preciso comprar outra esponja, escova para o carpete ou algo do tipo.

– Dessa vez você não precisa comprar nada – garanti a ela.

E contei a história. Gastei menos tempo do que quando contei para Hermia, pois Ginger já conhecia o Cavalo Amarelo e suas residentes. Desviei os olhos dela quando terminei de contar, pois não queria ver sua reação. Não queria ver um sorriso indulgente, muito menos uma incredulidade nua e crua. A história inteira parecia mais idiota do que antes. Ninguém (exceto a sra. Dane Calthrop) conseguia sentir o que eu sentia. Fiquei desenhando figuras na toalha de plástico com a ponta do garfo.

O tom de voz de Ginger foi enérgico.

– Isso é tudo?

– Sim, é tudo – respondi.

– E o que você vai fazer a respeito?

– *Você acha* que devo fazer algo a respeito?

– Mas é claro que sim! *Alguém* tem de fazer alguma coisa! Você não pode deixar que uma organização continue liquidando as pessoas e não fazer *nada*.

– Mas o que posso fazer?

Eu seria capaz de pular no pescoço dela e abraçá-la.

Ela franziu a testa enquanto tomava seu Pernod. Fui tomado por uma onda de calor. Não estava mais sozinho.

Em seguida ela disse ponderadamente:

– Você precisa descobrir o que isso tudo significa.

– Concordo. Mas como?

– Acho que há um ou dois caminhos a seguir. E eu posso ajudá-lo.

– Sério? E o seu trabalho?

– Tenho bastante tempo no meu horário de folga – disse ela, franzindo a testa mais uma vez enquanto pensava. – Essa garota com quem você encontrou no Old Vic, essa tal de Poppy. Ela deve saber de alguma coisa, para dizer o que disse...

– Sim, mas ela ficou assustada e se esquivou quando tentei perguntar. Estava com medo. Definitivamente, acho que ela não dirá nada.

– Eu posso ajudar nisso – disse Ginger, confiante. – Ela diria para mim coisas que não diria para você. Você consegue marcar um encontro entre nós? Eu, você, ela e o amigo? Pense em um espetáculo, um jantar, algo assim. – Ela pareceu titubear um pouco. – Ou seria muito caro?

Garanti a ela que eu podia arcar com as despesas.

– Quanto a você – Ginger pensou por um momento e disse, com tranquilidade: – Acho que o melhor a fazer é começar com Thomasina Tuckerton.

– Mas como? Ela morreu.

– E, se você estiver certo, alguém queria vê-la morta! E conseguiu fazer isso por meio do Cavalo Amarelo. Parece haver duas possibilidades. A madrasta ou a moça com quem ela brigou na cafeteria do Luigi por ter roubado seu namorado. Talvez ela fosse se casar com ele. Se ela estivesse realmente apaixonada pelo rapaz, não seria nada agradável nem para a madrasta, nem para a moça. Qualquer uma das duas pode ter procurado o Cavalo Amarelo. Precisamos encontrar as pistas. Qual era mesmo o nome da garota, você se lembra?

– Acho que era Lou.

– Cabelo louro e escorrido, altura mediana e seios fartos?

Concordei com a descrição.

– Acho que sei quem é. Lou Ellis. Ela tem muito dinheiro.

– Não parecia que tinha.

– Não parece, mas tem. De qualquer modo, ela teria dinheiro para pagar os serviços do Cavalo Amarelo. Duvido que façam algo de graça.

– Não consigo nem imaginar que fariam.

– Você fica por conta da madrasta, pois tem mais jeito para isso do que eu. Vá atrás dela.

– Mas eu nem sei onde ela mora.

– Luigi sabe alguma coisa sobre a casa de Thomasina. Acho que ele deve saber pelo menos em que região ela mora. Depois, basta pesquisar mais algumas referências. Espere! Mas como somos idiotas, você viu o comunicado da morte dela no *The Times*. Basta ir até lá e procurar nos arquivos.

– Preciso de um pretexto para procurar a madrasta – disse eu, pensativo.

Ginger disse que isso não seria difícil.

– Você não é uma pessoa qualquer – disse ela. – É historiador, conferencista, um homem de títulos. A sra. Tuckerton ficará impressionada e felicíssima por conhecê-lo.

– E o pretexto?

– Você pode estar interessado em algo na casa dela – sugeriu Ginger vagamente. – Se for uma casa antiga, com certeza você encontrará uma desculpa.

– Isso não tem a ver com minha especialidade – respondi.

– Mas ela jamais saberá disso – disse Ginger. – As pessoas acham que tudo que tenha mais de cem anos de idade é de interesse dos historiadores e arqueólogos. E que tal um quadro? Lá deve haver quadros antigos. Enfim, marque um horário, vá até a casa dela, bajule-a bastante e diga que conheceu a filha dela, ou enteada, fale que ficou muito triste etc... Lá pelas tantas, cite o Cavalo Amarelo. Se quiser, seja um pouco sinistro.

– E depois?

– Depois você observa a reação dela. Se você mencionar o Cavalo Amarelo e ela tiver culpa no cartório, duvido que não deixe transparecer um sinal qualquer.

– E se ela deixar transparecer, o que faço?

– Mais importante do que isso é sabermos se estamos no caminho certo. Quando tivermos *certeza* disso, poderemos continuar a todo vapor.

Ela balançou a cabeça, pensativa.

– Há mais uma coisa. Por que você acha que Thyrza Grey te contou aquilo tudo? Por que foi tão aberta com você?

– A resposta mais óbvia seria: porque ela não bate muito bem da cabeça.

– Não é isso o que quero dizer. O que estou tentando entender é porque ela falou exatamente *com você*. Fico pensando se há algum tipo de ligação nisso.

– Ligação com o quê?

– Espere um pouco, preciso colocar minhas ideias em ordem.

Esperei. Ginger balançou a cabeça duas vezes enfaticamente, e prosseguiu:

– Suponha que fosse mais ou menos assim. Poppy sabe tudo sobre o Cavalo Amarelo, de maneira vaga, não por conhecimento próprio, mas por ter ouvido falar. Ela parece ser o tipo de garota em cuja conversa ninguém presta muita atenção, mas ela capta muito mais coisas do que as pessoas pensam que capta. Palermas costumam ser assim. Digamos que naquele dia, enquanto falava com você, alguém escutou a conversa e a repreendeu. No dia seguinte você chega fazendo perguntas, ela está assustada e por isso não diz nada. E o fato de você questioná-la também chegou ao ouvido dos outros... Que razão você teria para questioná-la? Você não é da polícia. A razão mais *provável* é que você seja um possível *cliente*.

– Mas com certeza...

– É o mais lógico. Você ouviu rumores e quer descobrir mais a respeito porque tem lá seus propósitos; depois aparece na quermesse em Much Deeping, é levado ao Cavalo Amarelo, supostamente porque pediu que alguém te levasse lá, e o que acontece? Thyrza Grey vem direto com seu papo de vendedora!

– Acho que é uma possibilidade – cogitei. – Você acha que ela tem o poder para fazer o que diz, Ginger?

– Eu diria que não. Mas coisas estranhas *acontecem*. Principalmente quando envolvem hipnose. Sabe, se diz para uma pessoa morder um pedaço de vela às quatro da tarde do dia seguinte e a pessoa obedece sem saber *por quê*. Coisas desse tipo. E há quem use caixas elétricas, onde colocamos uma gota de sangue, para prever se teremos câncer dali a dois anos. Tudo parece muito falso, mas talvez não seja tanto assim. Quanto a Thyrza, *eu* não acho que seja verdade, mas tenho um medo terrível de que seja.

– Exatamente – disse eu, em tom sombrio. – Você explicou muito bem.

– Vou insistir um pouco com a Lou – disse Ginger, pensativa. – Sei de vários lugares onde posso encontrá-la por acaso. Luigi também deve saber alguma coisa. Mas antes devemos entrar em contato com a Poppy.

O encontro com Poppy foi arranjado com facilidade. David estaria livre dali a três noites. Marcamos de nos encontrar em um show e ele chegou acompanhado de Poppy. Depois, fomos jantar no Fantasie e percebi que Ginger e Poppy, após passarem horas retocando a maquiagem, reapareceram como grandes amigas. Seguindo as instruções de Ginger, não falamos em nenhum assunto controverso durante a noite. Quando finalmente partimos, levei Ginger em casa.

– Não tenho quase nada para contar – disse ela, alegremente. – Estive com Lou, e o homem por quem elas brigaram chama-se Gene Pleydon. Um sujeito detestável, se quer saber, e muito promíscuo. As mulheres o adoram. Ele estava tentando conquistar Lou quando Tommy apareceu no caminho. Lou diz que ele não estava nem aí para ela, que só estava interessado no dinheiro, mas acho que ela queria se convencer disso. De qualquer modo, ele descartou Lou como se fosse um lixo, o que naturalmente a deixou aborrecida. Segundo o que diz, aquela briguinha não passou de um ataque histérico das duas.

– Ataque histérico? Ela arrancou o cabelo de Tommy!

– Só estou te contando o que Lou me disse.

– Ela não se incomodou em te contar essas coisas, não é?

– Ah, as mulheres adoram falar de seus casos para as outras. De qualquer modo, Lou agora tem outro namorado. Outro traste, eu diria, mas ela está louca por ele. Por isso não me parece que ela seja cliente do Cavalo Amarelo. Eu até falei do lugar, mas ela não esboçou a mínima reação. Acho que podemos tirá-la da nossa lista. Luigi também não levou a briga a sério, mas acha que Tommy estava mesmo apaixonada por Gene, e que Gene estava interessado nela. O que você conseguiu com a madrasta?

– Ela estava viajando, deve voltar amanhã. Escrevi uma carta para ela, digo, pedi que minha secretária escrevesse marcando um horário de visita.

– Ótimo. Estamos indo bem. Espero que nada dê errado.

– Se é que vamos chegar a algum lugar!

– Em algum lugar, chegaremos – disse Ginger, entusiasmada. – A propósito, vamos voltar ao começo disso tudo. A teoria é de que o padre Gorman foi morto depois de ter sido chamado por uma moribunda, e que ele foi assassinado devido ao que ela lhe disse ou lhe confessou. O que aconteceu com essa mulher? Ela morreu? E quem era ela? Deve haver alguma pista aí.

– Sim, ela morreu. Não sei muito sobre ela. Acho que se chamava Davis.

– E será que conseguimos descobrir algo mais?

– Verei o que posso fazer.

– Se pudermos verificar a história dela, talvez consigamos descobrir como ela soube o que sabia.

– Entendo.

Na manhã seguinte, telefonei para Jim Corrigan e perguntei sobre Davis.

– Veja só, avançamos um pouco nas investigações, mas não muito. O nome verdadeiro dela não era Davis, por isso demoramos para descobrir quem ela era. Espere um momento, eu anotei algumas coisas... Encontrei. O nome dela era Archer, e o marido dela era um ladrãozinho de quinta categoria. Ela o abandonou e voltou a usar o nome de solteira.

– Que tipo de ladrãozinho ele era? E onde ele está agora?

– Era insignificante. Roubava objetos em lojas de departamento, umas ninharias aqui, outras ali. Teve várias passagens pela polícia. Onde ele está agora? Está morto.

– O que não ajuda muito.

– Não mesmo. A empresa em que a sra. Davis trabalhava quando morreu, a R.C.C. (Reações Classificadas dos Clientes), aparentemente nada sabia sobre o histórico dela.

Agradeci e desliguei o telefone.

Capítulo 12

Narrativa de Mark Easterbrook

Três dias depois, Ginger me telefonou.
– Tenho uma coisa para contar – disse ela. – Um nome e um endereço. Anote aí.
Peguei meu caderno de anotações.
– Pode falar.
– O nome é Bradley e o endereço é Municipal Square Buildings, 78, Birmingham.
– Tá, mas o que é isso?
– E eu vou saber? E tenho minhas dúvidas se Poppy sabe o que é.
– Poppy? Então esse é...
– Sim. Encarreguei-me dela nesses últimos dias. Eu disse que conseguiria arrancar algo dela, se eu tentasse. Depois de amaciá-la um pouco, foi fácil.
– Mas como você começou toda a história? – perguntei, curioso.
Ginger riu.
– Coisa de mulheres, você não entenderia. As mulheres realmente não se importam em abrir o jogo para outras mulheres.
– Trabalham em equipe, por assim dizer?
– Pode-se dizer que sim. De qualquer modo, almoçamos juntas e falei um pouco sobre minha vida amorosa e seus vários obstáculos: homem casado com esposa complicada, católico, não vai se separar, transformou a própria vida num inferno, já que a esposa era inválida e sofria com dores insuportáveis, e provavelmente demoraria anos para morrer. Seria muito melhor se ela

morresse. Disse que seria uma boa ideia tentar o Cavalo Amarelo, mas que não sabia muito bem por onde começar, e perguntei se seria caro demais. Poppy disse que sim, que devia ser bem caro, pois ouviu dizer que cobravam o olho da cara. Eu disse que tinha uma herança a receber, e tenho mesmo, sabe, de um tio-avô muito querido que eu odiaria se morresse, mas o fato veio a calhar. Perguntei se por acaso eles aceitariam receber depois e qual seria o procedimento para entrar em contato com eles. Poppy me deu o nome e o endereço e disse que era preciso ir lá primeiro para fechar o negócio.

– Isso é fantástico! – disse eu.

– Sim.

Ficamos em silêncio por um momento, até que eu disse, incrédulo:

– Ela falou sobre o assunto abertamente? Não pareceu assustada?

Ginger respondeu impaciente:

– Você não entende. Contar para mim não importa. E, além disso, Mark, se o que pensamos for verdade, o negócio precisa de uma propaganda, não precisa? Quer dizer, eles precisam de novos "clientes" o tempo todo.

– Somos malucos de acreditar numa coisa dessas.

– Tudo bem, somos malucos. Você vai até Birmingham se encontrar com o sr. Bradley?

– Sim – disse eu. – Vou atrás do sr. Bradley. Se é que ele existe.

Era difícil acreditar que ele existia. Mas eu estava errado. Sim, ele existia.

Municipal Square Buildings era uma enorme colmeia de escritórios. O número 78 ficava no terceiro andar. Na porta de vidro esmerilhado havia uma inscrição pintada de maneira impecável: *C. R. Bradley, AGENTE*. Embaixo, em letras menores: *Entre*.

Entrei.

Havia uma sala pequena, vazia, e uma porta entreaberta escrito *SOMENTE PESSOAS AUTORIZADAS*. Escutei uma voz vinda lá de dentro:

– Pode entrar, por favor.

A sala de dentro era maior. Tinha uma mesa, uma ou duas poltronas confortáveis, um telefone, uma pilha de caixas de arquivo. Atrás de uma mesa estava sentado o sr. Bradley, um homem baixo, de pele escura e olhos astutos também escuros. Ele estava vestido com um terno preto, transparecendo ser um representante exímio da respeitabilidade.

– Por favor, feche a porta – disse ele, educadamente. – Sente-se. A poltrona é bastante confortável. Aceita um cigarro? Não? E então, no que posso ajudá-lo?

Olhei para ele sem saber por onde começar. Não fazia a menor ideia do que dizer. Acho que foi o mero desespero que me fez ir de ataque com a frase que disse. Ou talvez aqueles olhos redondos e brilhantes.

– Quanto custa? – perguntei.

Tive o prazer de ver que ele ficou um pouco surpreso, mas não como deveria. Ele não previa, como eu teria previsto no lugar dele, que um sujeito não muito bem da cabeça fosse adentrar no seu escritório daquela maneira.

Ele levantou as sobrancelhas.

– Ora, ora – disse ele. – O senhor não perde tempo, não é mesmo?

Continuei fiel à minha posição.

– E qual a resposta?

Ele balançou a cabeça devagar, demonstrando uma leve reprovação.

– Não é assim que resolvemos as coisas. Devemos seguir o procedimento correto.

Eu encolhi os ombros.

– Como preferir. E qual é o procedimento correto?

– Ainda não nos apresentamos, não é? Eu não sei seu nome.

– Nesse momento, não sei se tenho vontade de dizê-lo – respondi.

– Cautela.

– Cautela.

– Uma qualidade admirável, embora nem sempre praticável. Agora me diga, quem o mandou até mim? Temos algum amigo em comum?

– Também não posso dizê-lo. Uma amiga minha conhece alguém que conhece um amigo ou amiga sua.

O sr. Bradley balançou a cabeça, consentindo.

– A maioria dos meus clientes aparece assim – disse ele. – Alguns problemas são bem... delicados. Você conhece minha profissão, acredito.

Ele não tinha intenção alguma de esperar minha resposta e se apressou em responder por si próprio.

– Sou agente de turfe – disse ele. – Presumo que o senhor se interesse por... cavalos?

Ele fez uma breve pausa antes de dizer a última palavra.

– Não costumo apostar em corridas – disse eu, sem me comprometer.

– Os cavalos oferecem muitas possibilidades. Corrida, caça, montaria. O que me interessa é a possibilidade esportiva. Apostar. – Ele fez uma breve pausa e perguntou de maneira informal, quase informal demais:

– O senhor tem algum cavalo específico em mente?

Encolhi os ombros e fui direto ao ponto.

– Um cavalo amarelo...

– Ah, muito bem, excelente. E o senhor, se é que posso dizer dessa maneira, parece estar mais interessado em um cavalo *negro*. Haha, mas não fique nervoso, não há motivos para isso.

– Isso é o que *você* diz – disse eu, em um tom meio rude.

O sr. Bradley passou a agir de maneira mais afável e tranquilizante.

– Entendo bem o que sente. Mas posso lhe garantir que não há motivos para ansiedade. Na verdade sou advogado, mas, é claro, tive meu diploma cassado – acrescentou ele, de maneira quase sedutora. – Do contrário, não estaria aqui. Mas lhe garanto que conheço bem meu ofício, e o que quer que eu lhe recomende, é perfeitamente legal e honesto. Os homens podem apostar no que quiserem, se vai chover ou não amanhã, se os russos vão mandar um astronauta à lua, ou se a esposa terá gêmeos. Você pode muito bem apostar se a sra. Fulana morrerá antes do Natal ou se a sra. Beltrana viverá cem anos. Você está apostando no seu julgamento, na sua intuição, ou o que seja. Nada mais simples do que isso.

Tive a sensação de estar sendo tranquilizado por um médico antes de entrar para uma cirurgia. O modo como o sr. Bradley acalmava seus "pacientes" era perfeito.

Eu disse lentamente:

– Eu realmente não entendo como funciona o Cavalo Amarelo.

– E isso o preocupa? Sim, preocupa bastante as pessoas. Há mais coisas entre o céu e a terra, Horácio etc. etc. Francamente, eu mesmo não entendo. Mas tem resultados, e os mais maravilhosos resultados.

– Poderia me falar mais sobre isso?

A essa altura, eu já tinha estabelecido meu papel: cauteloso, ansioso e assustado. Obviamente, essa era uma atitude com a qual o sr. Bradley tinha de lidar com frequência.

– O senhor conhece o lugar, pelo menos?

Tomei uma decisão rápida. Não seria sábio mentir.

– Eu... bem... sim, alguns amigos me levaram lá...

– Um velho pub bem charmoso. Há muito interesse histórico naquele lugar. Elas fizeram maravilhas na restauração. Então o senhor conheceu minha amiga, a srta. Grey, suponho?

– Sim, é claro. Uma mulher extraordinária.

– É verdade, não é? Você a definiu bem. Uma mulher extraordinária. E com poderes extraordinários.

– As coisas que ela diz! Não seriam... assim... impossíveis?

– Exato. Essa é a questão. As coisas que ela diz que sabe e que é capaz de fazer são *impossíveis*! Qualquer pessoa diria isso. Em um tribunal de justiça, por exemplo...

Os olhos redondos e brilhantes do sr. Bradley fitavam diretamente os meus. Ele repetiu as palavras, enfatizando-as.

– Em um tribunal de justiça, por exemplo, isso tudo seria ridicularizado! Se aquela mulher ficasse de pé e confessasse um assassinato pelo poder do pensamento, poder da vontade ou qualquer nome sem sentido que quisesse usar, a confissão jamais seria aceita! Mesmo que sua declaração fosse verdadeira (na qual, obviamente, homens inteligentes como eu ou você não acreditamos sequer por um momento!), ela não seria aceita legalmente. Um assassinato por força do pensamento não é assassinato aos olhos da lei. Não faz o menor sentido! E é nisso que consiste a beleza da coisa, como o senhor mesmo pode constatar se pensar por um momento.

Interpretei aquilo como se eu estivesse sendo tranquilizado. Assassinato cometido por poderes ocultos não era assassinato segundo o tribunal de justiça inglês. Se eu contratasse um gângster para cometer um assassinato com um cassetete ou uma faca, eu seria julgado como cúmplice por ter conspirado junto com ele. Mas se eu contratasse Thyrza Grey para usar magia negra, a magia negra não seria aceita como prova. Nisso consistia, segundo o sr. Bradley, a magia da coisa.

Todo o meu ceticismo veio à tona em forma de protesto. Exclamei vigorosamente:

— Mas que maldição, isso é fantástico! — gritei. — Não acredito. É impossível.

— Eu concordo, realmente concordo. Thyrza Grey é uma mulher extraordinária, e certamente tem poderes extraordinários, mas *não podemos* acreditar nas coisas que ela afirma. Como você mesmo disse, é fantástico demais. Na era em que vivemos, não podemos admitir que alguém possa emitir ondas de pensamento ou algo do tipo, por si só ou por meio de um médium, sentado numa cabana na Inglaterra e provocar a doença e a morte de uma pessoa em Capri ou outro lugar qualquer.

— Mas *é isso* o que ela diz fazer?

— Sim. Não há dúvidas de que ela *tem* poderes. Ela é escocesa, e a vidência é uma peculiaridade desse povo. A vidência realmente existe. O que acredito sem a menor sombra de dúvidas é o seguinte — ele inclinou o corpo para frente, gesticulando com o dedo indicador —: Thyrza Grey consegue prever quando alguém morrerá. É um dom. E ela tem esse dom.

Ele encostou de novo na poltrona, observando-me.

— Pensemos numa situação hipotética. Suponha que você ou alguém queira muito saber quando, digamos, a tia-avó Eliza vai morrer. Precisamos admitir que é útil saber uma coisa dessas. Não há nada de atípico nisso, nada de errado, é só uma questão de conveniência para se planejar. Será que em novembro próximo receberemos uma boa quantia em dinheiro? Se soubéssemos disso, certamente poderíamos tomar decisões valiosas. A morte não passa de uma questão incerta. Afinal, a velha e querida Eliza poderia viver, sendo cuidada pelos médicos, por mais dez anos. É óbvio que você gosta da sua velha tia, mas imagine como seria útil *saber*...

Ele fez uma pausa e inclinou-se mais um pouco para frente.

– É aí que *eu* entro. Sou o homem das apostas. E apostarei em qualquer coisa, naturalmente de acordo com meus próprios termos. Você me procura porque naturalmente não quer apostar na morte da velha senhora, pois seria repugnante levando-se em conta seus mais nobres sentimentos. Então fazemos desse jeito: você aposta determinada quantia que a tia Eliza estará forte e cheia de saúde até o próximo Natal, e eu aposto que não.

Seus olhos redondos me observavam.

– Não há nada contra isso, correto? É simples, podemos até discutir o assunto. Eu digo que a tia Eliza está na fila da morte, e você diz que não. Elaboramos um contrato, assinamos e eu lhe dou um prazo. Digo que dali a duas semanas o serviço funerário da tia Eliza estará pronto, e você diz que não. Se você acertar, *eu* pago a aposta. Se você errar, *você* me paga!

Olhei para ele tentando imaginar os sentimentos de um homem que quer uma senhora rica fora do caminho. Preferi então pensar em um chantagista, pois é mais fácil se ver nessa situação. Pensei em alguém que estivesse me sugando há anos e eu não suportasse mais, a ponto de querer sua morte. Eu não seria capaz de matá-lo, mas faria qualquer coisa para vê-lo morto...

Representando meu papel com bastante confiança, falei com uma voz rouca:

– Quais são os termos?

O jeito de agir do sr. Bradley mudou rapidamente. Agora ele estava alegre, quase brincalhão.

– É aqui que nós entramos, não é? Ou melhor, que você entra, hahaha. Você me perguntou quanto? Fico realmente surpreso, nunca vi alguém ir direto ao ponto tão rápido.

– Quais são os termos?

– Depende de vários fatores, principalmente da quantia que está em jogo. Em alguns casos, depende de quanto o cliente tem disponível. No caso de um marido inconveniente, um chantagista ou algo assim, dependeria de quanto o cliente pudesse pagar. Quero deixar bem claro que não faço apostas com clientes pobres, exceto quando se trata de um exemplo parecido com o que dei. Nesse caso, dependeria da fortuna deixada pela tia Eliza. Os termos são um acordo mútuo, pois nós dois queremos lucrar com isso, não é mesmo? De qualquer maneira, as apostas ficam mais ou menos na margem de quinhentos para um.

– Quinhentos para um? É uma margem bem alta.

– Minha aposta também é muito alta. Se tia Eliza já estivesse com o pé na cova, você saberia disso e naturalmente não viria me procurar. Profetizar a morte de alguém dentro de duas semanas requer riscos muito altos. Cinco mil libras contra cem não é tão fora do comum assim.

– E se você perder?

O sr. Bradley encolheu os ombros.

– Seria muito ruim. Eu pagaria a aposta.

– Se eu perder, eu pago. E se eu não pagar?

O sr. Bradley encostou na poltrona e disse, com os olhos entreabertos:

– Eu não aconselharia esse tipo de comportamento – disse ele calmamente. – Não mesmo.

Apesar do tom suave, senti um arrepio atravessando meu corpo. Ele não fez uma ameaça direta, mas ela estava lá.

Eu me levantei e disse:

– Eu... eu preciso pensar no assunto.

O sr. Bradley recobrou seu modo agradável e cortês de ser.

– Certamente, precisa pensar. Não se apresse. Se decidir fechar o negócio, volte e discutiremos todos os pormenores. Pense bem e leve o tempo que precisar.

Saí do escritório com as palavras ecoando na minha cabeça: "o tempo que precisar...".

Capítulo 13

Narrativa de Mark Easterbrook

Encarei a tarefa de entrevistar a sra. Tuckerton com a maior relutância. Instigado por Ginger a questioná-la, eu não tinha a menor convicção de que era o melhor a ser feito. Para começar, não me sentia apto a realizar a tarefa que tinha proposto a mim mesmo. Tinha dúvidas se conseguiria produzir a reação necessária, e tinha plena consciência de que talvez não conseguisse disfarçar o suficiente.

Ginger, com uma eficiência absurda que demonstrava quando necessário, tinha me passado as orientações pelo telefone.

– É simples. A casa foi construída por Nash e tem um estilo que não se costuma atribuir a ele. Foi uma das poucas vezes que ele liberou a imaginação e se permitiu construir algo em estilo gótico.

– E por que eu gostaria de vê-la?

– Porque está pensando em escrever um artigo ou um livro sobre as influências que causam digressões no estilo de um arquiteto. Ou algo assim.

– Para mim, soa falso demais – disse eu.

– Bobagem – disse Ginger seriamente. – Quando se trata de assuntos eruditos ou artísticos, as teorias mais inacreditáveis são propostas e escritas, com a maior seriedade, pelas pessoas mais improváveis. Eu seria capaz de citar capítulos e capítulos de besteiras.

– É por essa razão que você cumpriria a tarefa muito melhor do que eu.

– É aí que você se engana – disse Ginger. – A sra. Tuckerton pode muito bem procurar alguma referência sua e ficar impressionada com seus títulos, o que não aconteceria se fosse comigo.

Continuei hesitante, embora temporariamente sem armas.

Quando voltei do meu inacreditável encontro com o sr. Bradley, Ginger e eu juntamos nossas ideias. Ela estava mais incrédula do que eu. No entanto, meu resultado lhe propiciou uma satisfação diferente.

– Isso põe um fim ao fato de estarmos ou não imaginando coisas – disse ela. – Agora sabemos que *existe* uma organização para tirar pessoas indesejadas do caminho.

– Usando meios sobrenaturais!

– Como você é conservador! Tenho certeza de que o que o desencoraja são aquelas bugigangas e falsos escaravelhos que Sybil usa. E mesmo que o sr. Bradley tivesse se apresentado como um curandeiro ou um pseudoastrólogo, você não teria se convencido. Mas como ele se mostrou um escroque dos mais desagradáveis, ou pelo menos foi essa a impressão que você me deu...

– Quase isso – disse eu.

– Então tudo se encaixa. Por mais estúpido que pareça, aquelas mulheres do Cavalo Amarelo têm nas mãos algo *que funciona*.

– Se você está tão convencida disso, por que procurar a sra. Tuckerton?

– Para ter uma comprovação a mais – disse Ginger. – Nós sabemos o que Thyrza Grey *diz* ser capaz de fazer. Sabemos um pouco sobre três vítimas. Agora precisamos descobrir mais coisas pelo ângulo do cliente.

– E se a sra. Tuckerton não mostrar sinal de que foi uma cliente?

– Daí teremos de investigar em outro lugar.

– É claro, tenho certeza de que vou enfiar os pés pelas mãos – disse eu, em tom de tristeza.

Ginger disse que eu precisava ser mais otimista.

Até que me vi diante da entrada do Carraway Park. Certamente nada tinha a ver com minha ideia preconcebida de uma casa projetada por Nash. Em muitos aspectos, tratava-se quase de um castelo de proporções modestas. Ginger tinha prometido me conseguir um livro recente sobre a arquitetura de Nash, mas, como a obra não chegou a tempo, fui até lá sem as instruções adequadas.

Toquei a campainha e um homem de aparência desleixada, usando um casaco de alpaca, abriu a porta.

– Sr. Easterbrook? – disse ele. – A sra. Tuckerton está lhe esperando.

Ele me levou até uma sala de visitas muito bem mobiliada, que me causou uma impressão desagradável. Tudo naquele lugar era muito caro, mas escolhido sem o menor critério. Seria uma sala de proporções mais agradáveis se fosse mais simples. Havia um ou dois quadros bonitos e vários horrorosos. Havia muito brocado amarelo. Não tive tempo para fazer outras considerações, pois fui interrompido pela chegada da sra. Tuckerton. Levantei-me com dificuldade depois de ter me afundado em um sofá revestido por um brilhante brocado amarelo.

Não sei exatamente o que eu esperava, mas acabei tendo uma inversão de sensações. Nada encontrei de sinistro; o que vi foi uma mulher de meia-idade totalmente comum. Não era uma mulher muito interessante, tampouco, pensei, agradável. Os lábios, apesar de uma generosa camada de batom, eram finos e carrancudos. O queixo quase não aparecia. Os olhos, azuis-claros, davam a impressão de que ela estimava o preço de tudo ao seu redor. Era o tipo de mulher que não dava gorjeta aos recepcionistas e atendentes. Podemos encontrar muitas mulheres como ela, mas vestidas com roupas não tão caras e com bem menos maquiagem.

– Sr. Easterbrook? – ela estava visivelmente contente com minha visita, e chegou até a se entusiasmar um pouco. – Estou *tão* feliz em conhecê-lo. Simpatizo por estar interessado nessa casa. É claro que eu sei que ela foi construída por John Nash, meu marido me contou, mas jamais imaginei que ela pudesse ser do interesse de alguém como *o senhor*!

– Veja bem, sra. Tuckerton, não é bem o estilo de arquitetura dele, e isso a torna tão interessante para... é...

Ela me salvou do problema que seria continuar a frase.

– Não quero parecer uma estúpida, afinal, não entendo de arquitetura e arqueologia. Espero que o senhor não se importe com minha ignorância...

Eu não me importava nem um pouco. Na verdade, eu adorava.

– Mas é claro que tudo isso é muito interessante – disse a sra. Tuckerton.

Eu disse que nós, ao contrário, éramos muito tediosos e enfadonhos quando tratávamos do nosso assunto de especialidade.

A sra. Tuckerton disse ter *certeza* de que isso não era verdade, e perguntou se eu preferiria tomar um chá antes de ver a casa ou visitar a casa e tomar o chá depois.

Eu não esperava tomar o chá da tarde, pois nosso encontro havia sido marcado para as três e meia, e disse que poderíamos visitar a casa antes. Ela foi conduzindo a visita, conversando animada na maior parte do tempo, o que me desobrigava de fazer quaisquer juízos arquitetônicos.

Foi sorte eu ter aparecido naquela hora, disse ela, pois a casa estava pronta para ser vendida.

– Ela ficou grande demais pra mim depois que meu marido morreu – disse ela, acrescentando que já tinha um comprador em vista, embora os corretores tivessem anunciado a venda somente há uma semana. – Eu não gostaria que você a visitasse quando estivesse vazia. Acho que se quisermos realmente apreciar uma casa, ela precisa estar habitada, não acha, sr. Easterbrook?

Eu preferia a casa vazia e sem mobília, mas naturalmente não pude dizer isso. Perguntei se ela continuaria na vizinhança.

– Sinceramente, ainda não sei. Devo fazer algumas viagens antes, tomar um pouco de sol. Detesto esse clima miserável. Na verdade, acho que passarei o inverno no Egito. Estive lá há dois anos, é um país maravilhoso, e suspeito que o senhor saiba *tudo* sobre o lugar.

Eu nada sabia sobre o Egito e disse isso a ela.

– O senhor deve estar sendo modesto – disse ela, alegre e vagamente. – Esta é a sala de jantar. É octogonal. Não é assim que se diz? Sem ângulos retos.

Respondi que ela estava certíssima e elogiei a simetria.

Assim que a visita terminou, voltamos para a sala de visitas e a sra. Tuckerton deu o sinal para que fosse servido o chá, que em seguida foi trazido pelo criado de aparência malcuidada. Percebi que o vultoso bule vitoriano de prata precisava ser polido.

A sra. Tuckerton suspirou quando o criado saiu da sala.

– Depois que meu marido morreu, o casal que trabalhava com ele há quase vinte anos insistiu em deixar a casa. Eles disseram que estavam se aposentando, mas pouco tempo depois eu soube que arrumaram outro emprego, com um salário bem alto. Acho um absurdo pagar salários tão altos assim. O senhor não faz ideia do que eles economizam com moradia e alimentação, sem falar nos serviços de lavanderia!

Sim, eu não estava enganado. Os olhos azuis, os lábios firmes, a cobiça fazia parte dela.

Não foi difícil fazer a sra. Tuckerton falar. Ela gostava de falar, principalmente de si própria. Enquanto ouvia com atenção, e de vez em quando dizia algo estimulando-a, soube bastante sobre a sra. Tuckerton. Na verdade, soube mais do que ela estava ciente de ter me contado.

Soube que ela se casara com Thomas Tuckerton, um viúvo, cinco anos atrás. Ela era "muito, muito mais nova do que ele". Eles se conheceram em um hotel à beira-mar onde ela trabalhava na sala de *bridge*. Ela nem percebeu que tinha deixado escapar essa informação. Ele tinha uma filha que estudava em um colégio interno nas redondezas.

– É tão difícil um homem saber o que fazer quando leva uma garota para passear – disse ela. – Pobre Thomas, ele era tão solitário... sua primeira esposa morrera havia alguns anos e ele sentia muita falta dela.

A sra. Tuckerton continuou pintando o quadro de si própria. Uma mulher graciosa e gentil, com pena de um velho solitário. Havia a saúde dele, que piorava, e a devoção dela.

– Ainda que, obviamente, nos últimos anos da doença dele, eu não pudesse ter *nenhum* amigo.

Será que ela tinha alguns amigos que o sr. Thomas Tuckerton considerava indesejáveis? Isso explicaria os termos do testamento dele.

Ginger conseguira uma cópia do testamento no cartório da Somerset House.

Ele deixou a herança para os antigos empregados, para um casal de afilhados e uma renda mensal para a esposa, uma boa renda, mas não muito generosa. Quantia suficiente para que ela usufruísse durante a vida. O restante da fortuna, que atingia a marca dos seis dígitos, ele deixou para a filha, Thomasina Ann, que receberia a herança quando completasse 21 anos ou se casasse. Se ela morresse solteira antes de completar 21 anos, o dinheiro ficaria com a madrasta. Parecia que a família não tinha mais ninguém.

A recompensa era grande, pensei comigo, e a sra. Tuckerton gostava de dinheiro. Ela transparecia isso o tempo inteiro. Eu tinha certeza de que ela não tinha dinheiro antes de se casar com o viúvo, e talvez a grana tivesse lhe subido à cabeça. Vivendo tolhida diante da invalidez do marido, acho que ela mal conseguiu esperar a hora de se ver livre, ainda jovem, e rica, para dar vazão a seus sonhos mais extraordinários.

O testamento, provavelmente, foi uma decepção. Ela devia ter sonhado com uma renda mais do que modesta, pois planejava viagens caras, cruzeiros luxuosos, roupas, joias, ou talvez o mero prazer do dinheiro em si, rendendo no banco.

Entretanto, quem receberia todo o dinheiro seria a garota, ela é que seria a herdeira opulenta. A garota que, muito provavelmente, não gostava da madrasta e demonstrava isso com a crueldade e a negligência da juventude. A garota seria rica, a não ser que...

A não ser que...? Isso já não bastava para eu acreditar que essa criatura loura e falsa, que bradava frases feitas com tanta loquacidade, fosse capaz de contratar os serviços do Cavalo Amarelo para que uma garota morresse?

Não, eu não podia acreditar nisso...

No entanto, eu precisava cumprir com a minha tarefa e disse abruptamente:

– Acho que conheci sua filha, digo, sua enteada, certa vez.

Ela olhou para mim com uma leve surpresa, embora sem demonstrar muito interesse.

– Thomasina? É mesmo?

– Sim, em Chelsea.

– Ah, Chelsea. Sim, pode ser que sim... – ela suspirou. – Essas garotas de hoje são tão difíceis. Parecem incontroláveis. Ela contrariava muito o pai dela, e eu não podia fazer *nada* a respeito, é claro, pois nunca me escutava – ela suspirou mais uma vez. – Ela já era crescida, sabe, quando eu e o pai dela nos casamos. Uma madrasta... – ela balançou a cabeça.

– É uma posição sempre muito delicada – disse eu, compassivamente.

– Eu abri várias concessões, fiz tudo o que podia.

– Tenho certeza que sim.

– Mas foi inútil. É claro que Tom não a deixava ser rude comigo, mas ela extrapolava todos os limites possíveis. E tornou a própria vida algo impossível. Para mim foi um alívio quando ela insistiu em sair de casa, mas eu entendi também como Tom se sentiu. Ela enturmou-se com um grupo bem desagradável.

– É... foi o que pensei.

– Pobre Thomasina – disse a sra. Tuckerton. Ela mexeu no cabelo para arrumar um cacho solto e, em seguida, olhou para mim. – Ah, mas talvez o senhor não saiba. Ela faleceu mês passado. Teve encefalite, uma morte repentina. É uma doença que ataca jovens, acredito... tão triste!

– Sabia que ela tinha morrido – eu disse.

Levantei-me.

– Muito obrigado, sra. Tuckerton, de verdade, por me mostrar sua casa.

Apertei as mãos dela, despedindo-me. Depois, enquanto saía, olhei para trás.

– Por sinal – disse eu –, acho que a senhora conhece o Cavalo Amarelo, não conhece?

Não houve dúvida na reação dela. Pânico, puro pânico, foi o que surgiu naqueles olhos azuis. De repente o rosto dela ficou pálido e assustado por detrás da maquiagem.

A voz dela saiu estridente e alta:

– Cavalo amarelo? O que quer dizer com cavalo amarelo? Não sei nada sobre cavalo amarelo.

Deixei que uma leve surpresa transparecesse dos meus olhos.

– Ah, me perdoe! É um velho pub muito interessante em Much Deeping. Estive lá outro dia e acabei conhecendo o lugar. Foi reformado de uma maneira bastante charmosa, mantendo o clima antigo. Eu podia *jurar* que seu nome fora mencionado lá, mas talvez tenha sido sua enteada que esteve lá, ou alguém que tenha o mesmo nome. – Fiz uma pausa. – O lugar tem certa... reputação.

Gostei da minha deixa. Em um dos espelhos na parede, pude ver o rosto da sra. Tuckerton refletido, me olhando por trás. Ela estava muito, muito assustada, e pude imaginar exatamente como ela estaria dali a alguns anos... Não foi uma visão agradável.

Capítulo 14

Narrativa de Mark Easterbrook

I

— Agora, sim, temos certeza — disse Ginger.
— Já tínhamos certeza.
— Mais ou menos. Mas agora o assunto está encerrado.

Fiquei em silêncio por alguns momentos. Imaginei a sra. Tuckerton viajando até Birmingham, entrando no Municipal Square Buildings, encontrando o sr. Bradley. Imaginei a apreensão nervosa dela e como ele reafirmava a própria bondade. Imaginei o jeito habilidoso dele de realçar a ausência de risco na jogada. (Ele deve ter realçado isso bastante com a sra. Tuckerton.) Pude imaginá-la indo embora, sem se comprometer, deixando a ideia criar raízes na sua mente. Talvez tenha ido visitar a enteada, ou a enteada tenha ido passar um fim de semana com ela. Talvez tenham conversado sobre um possível casamento. E o tempo inteiro a ideia do DINHEIRO, não pouco dinheiro ou ninharia, mas montes de dinheiro, dinheiro grande, uma quantia que possibilitaria a realização de qualquer coisa. E tudo ficaria com a garota degenerada e grosseira que cambaleava pelos bares de Chelsea, usando jeans e suéteres desleixados, acompanhada dos amigos indesejáveis e igualmente degenerados. Por que uma garota como ela, que não era e jamais seria boa, deveria herdar aquela bela quantia de dinheiro?

E depois mais uma visita a Birmingham. Mais cautelosa e tranquila. Por fim, a discussão dos termos. Sorri involuntariamente. É provável que o sr. Bradley tenha renegociado o contrato, pois ela deve ter se mostrado uma regateadora de primeira. Por fim, com os termos acordados e um documento devidamente assinado, o que mais aconteceu?

Foi aí que minha imaginação parou. Era isso que não sabíamos.

Saí do meu estado meditativo e vi que Ginger me observava. Ela perguntou:

– Já conseguiu entender tudo?

– Como você sabia o que eu estava fazendo?

– Estou começando a entender como sua mente funciona. Você estava recapitulando os acontecimentos, não estava? Seguindo os passos dela até Birmingham e durante a negociação?

– Sim. Mas fui interrompido bruscamente. A partir do momento em que ela acerta tudo em Birmingham... *o que acontece depois?*

Olhamos um para o outro.

– Mais cedo ou mais tarde – disse Ginger – *alguém* tem de descobrir o que exatamente acontece no Cavalo Amarelo.

– Mas como?

– Não sei... Não vai ser fácil. Ninguém que já esteve lá, ou já executou o procedimento, vai querer contar. Ao mesmo tempo, elas são as únicas pessoas que *podem* contar. É difícil...

– Será que podemos procurar a polícia? – sugeri.

– Sim. Afinal, agora temos algo mais definido. O suficiente para agir, não acha?

Balancei a cabeça em dúvida.

– Evidência de uma intenção. Mas será que isso é suficiente? Esse desejo de morte é algo sem sentido. Ah – disse eu, prevendo que seria interrompido –, talvez não seja sem sentido, mas é o que vai *parecer* para a justiça. Não temos nem ideia de como acontece.

— Então, precisamos descobrir. Mas como?

— Teremos de ver, ou ouvir, com os próprios olhos e ouvidos. Não há como se esconder naquele antigo estábulo, e suponho que seja ali que aconteça o processo, ou o que quer que seja.

Ginger sentou-se com o corpo ereto e jogou os cabelos para trás.

— Só há uma maneira de descobrir o que realmente acontece. Você precisa ser um cliente *real*.

Olhei bem nos olhos dela.

— Um cliente real?

— Sim. Eu ou você, não importa. Precisamos querer tirar alguém do caminho. Um de nós precisa procurar Bradley e fechar negócio.

— Não estou gostando disso — disse eu, acentuadamente.

— Por quê?

— Bem, porque abre possibilidades perigosas.

— Para nós?

— Talvez. Estou pensando em quem seria a vítima. Precisamos ter uma vítima, um nome verdadeiro. Não pode ser invenção, pois eles podem verificar, e é quase certo que façam isso, não acha?

Ginger pensou por um momento e assentiu com a cabeça.

— Sim. A vítima tem de ser uma pessoa real, com um endereço real.

— É isso que não me cheira bem — disse eu.

— E precisamos ter uma boa razão para querer se livrar da pessoa.

Ficamos em silêncio por um momento, considerando esse aspecto da situação.

– E a pessoa, seja quem for, precisa concordar – disse eu, calmamente. – E isso é pedir demais.

– Precisamos acertar os mínimos detalhes – disse Ginger, pensando na questão. – Mas acho que você estava totalmente certo no que disse outro dia. O ponto fraco disso tudo é eles estarem em uma situação delicada. O negócio precisa ser secreto, mas nem tanto, pois eles precisam arrumar clientes que ouçam falar do que fazem.

– O que me intriga é a polícia não ter ouvido falar deles – disse eu. – Afinal de contas, ela costuma saber quais atividades criminosas andam acontecendo por aí.

– Sim, mas eu acho que isso se dá por ser uma atividade *amadora*, em todos os sentidos da palavra. Não é algo profissional, não há criminosos profissionais contratados ou envolvidos. Não é como contratar um matador para aniquilar as pessoas. É tudo... *discreto*.

Eu disse que Ginger talvez tivesse razão.

Ela prosseguiu:

– Suponha que eu, ou você (teremos de pensar nas duas possibilidades), estejamos desesperados para nos ver livres de alguém. Quem seria essa pessoa? Há meu velho tio Mervyn, de quem eu receberei uma bolada quando ele bater as botas. Um primo na Austrália e eu somos os únicos que restaram da família. Então há um motivo aí. Mas como ele já passa dos setenta e está meio gagá, seria muito mais sensato que eu esperasse sua morte por causas naturais, a não ser que eu estivesse desesperada por dinheiro, o que seria difícil de fingir. Além disso, ele é muito querido, e sendo gagá ou não, ele adora a vida e eu não gostaria de privá-lo nem um minuto de viver, ou até arriscar que algo de ruim acontecesse com ele. E você? Tem algum parente de quem possa herdar alguma herança?

Balancei a cabeça.

– Não, ninguém.

– Que droga. E se inventássemos uma chantagem? Isso daria um trabalho danado. E você não é tão vulnerável assim. Se você fosse do Parlamento, do Ministério das Relações Exteriores ou um ministro promissor, seria diferente. O mesmo acontece comigo. Se fosse há cinquenta anos seria fácil, poderíamos arrumar umas cartas comprometedoras, ou fotografias, mas quem se importa com isso hoje? O sujeito pode ser um duque e não estar nem se lixando caso esse tipo de informação venha a público. No que mais podemos pensar? Bigamia? – Ela olhou para mim com um olhar de reprovação. – Que pena você não ter se casado. Poderíamos tramar algo em relação a isso se você o fosse.

Alguma coisa na minha expressão deve ter me denunciado. Ginger foi rápida.

– Me desculpe – disse ela. – Toquei em um assunto delicado?

– Não – respondi. – Não é delicado. Foi há tanto tempo, duvido que alguém se lembre.

– Você já foi casado?

– Sim, na época da faculdade. Nós mantínhamos o casamento em segredo. Minha família não teria aceitado. Além disso, eu nem tinha idade para me casar. Nós mentíamos a nossa idade.

Fiquei em silêncio por alguns minutos, revivendo o passado.

– Não ia durar – disse eu, calmamente. – Hoje eu sei disso. Ela era linda, sabia como ser agradável, mas...

– O que aconteceu?

– Fomos à Itália durante as férias e houve um acidente de carro. Ela morreu na hora.

– E você?

– Eu não estava no carro... ela estava com um amigo.

Ginger olhou de súbito para mim. Acho que ela entendeu o que tinha acontecido. O choque da minha descoberta de que a garota com quem eu tinha me casado não era fiel.

Ginger voltou às questões práticas.

– Vocês se casaram na Inglaterra?

– Sim. No cartório de Peterborough.

– Mas ela morreu na Itália?

– Sim.

– Então não há registros da morte dela na Inglaterra?

– Não.

– Então, o que mais você quer? É o que queríamos! Não poderia ser mais simples! Você ama desesperadamente uma mulher com quem quer se casar, mas *não sabe* se sua esposa ainda está viva. Você partiu há anos e nunca mais teve notícias dela, então, como poderia se arriscar? Enquanto está pensando no assunto, de repente ela reaparece do nada, se recusa a dar o divórcio e ainda ameaça contar tudo para a sua namorada.

– Mas quem seria minha nova namorada? – perguntei, levemente confuso. – Você?

Ginger parecia em choque.

– Claro que não! Eu não faço bem o tipo, seria mais provável que eu nem pensasse em casamento. Mas e aquela morena majestosa com quem você costuma sair? Você sabe muito bem a quem me refiro, ela sim faz o tipo perfeito. Muito ilustre e séria.

– Hermia Redcliffe?

– Exato, acertou na mosca.

– Quem te contou sobre ela?

– Poppy, é claro. Ela também é rica, não é?

– Ela é bastante rica. Mas realmente...

– Tudo bem, tudo bem. Não estou dizendo que você se casaria com ela por dinheiro, você não é desse tipo. Mas quem tem a mente suja como Bradley certamente acreditaria nisso. Muito bem, vejamos o plano. Você está prestes a pedir Hermia em casamento quando a indesejada esposa ressurge do passado. Ela chega a Londres e as coisas só pioram. Você exige o divórcio e ela não aceita. Uma mulher vingativa. Até que você ouve falar do Cavalo Amarelo. Aposto que Thyrza e aquela tola camponesa da Bella pensarão que foi esse o motivo da sua visita. Elas acreditam que você tentou se aproximar e que por isso Thyrza foi tão aberta com você. Tudo não passava de uma propaganda.

– Suponho que sim – disse eu, relembrando o que aconteceu naquele dia.

– E o fato de logo depois você ter procurado Bradley se encaixa perfeitamente. Você está de mãos atadas. É um cliente em potencial...

Ela fez uma pausa triunfante. Havia algo na fala dela, mas não descobri o que era.

– Eu ainda acho que eles investigarão com muito cuidado – disse eu.

– Com certeza – concordou Ginger.

– Tudo bem em inventar uma esposa fictícia que ressurge do passado, mas eles vão querer *detalhes,* saber onde ela mora, essas coisas. E quando eu tentar me esquivar...

– Você não vai precisar se esquivar. Para que as coisas funcionem perfeitamente, a esposa tem de estar lá... e ela estará! Está preparado? – disse Ginger. – Pois, então, *eu sou sua esposa!*

II

Olhei para ela. Sendo mais específico, arregalei os olhos. Espantei-me por ela não ter dado gargalhadas ao ver minha expressão.

Eu ainda estava me recuperando quando ela começou a falar de novo.

– Não há motivo para o espanto – disse ela. – Não estou te pedindo em casamento!

Recuperei minha voz.

– Você não faz ideia do que está dizendo.

– É claro que faço. Estou sugerindo algo perfeitamente possível, além de ter a vantagem de não colocarmos em perigo uma pessoa inocente.

– Mas estamos colocando você em perigo.

– Mas isso é problema meu.

– Não, não é. Além do mais, não conseguiríamos mentir por muito tempo.

– Conseguiríamos, sim. Já pensei nisso. Eu me hospedo em um flat mobiliado e levo comigo uma ou duas malas com etiquetas de viagem. Alugo o quarto no nome da sra. Easterbrook, e quem ousaria dizer que não sou a sra. Easterbrook?

– Qualquer um que te conheça.

– Quem me conhece não vai me ver. Estarei afastada do trabalho, doente. Pinto o cabelo, aliás, sua esposa, era loira ou morena? Não que isso importe muito...

– Morena, cabelos pretos – disse eu, mecanicamente.

– Ótimo, detesto descoloração. Mudo minhas roupas, me maquio bastante, nem meus amigos íntimos me reconheceriam. E como você não teve uma esposa em evidência nos últimos quinze anos, ninguém vai perceber que eu *não sou* ela. Por que alguém do Cavalo Amarelo teria dúvidas de que eu sou quem afirmo ser? Se você está preparado para fazer uma aposta altíssima de que eu sou sua mulher, não são eles que duvidarão da minha legitimidade. Você é um cliente genuíno, não tem ligação alguma com a polícia. Eles podem se certificar do casamento procurando registros no cartório da Somerset House. Podem procurar saber da sua amizade com Hermia e tudo o mais, então para quê ter dúvidas?

– Você não está percebendo os riscos e as dificuldades envolvidas.

— Riscos, mas que inferno! – disse Ginger. – Eu vou adorar ajudá-lo a arrancar míseras cem libras ou o que quer que seja daquele vigarista do Bradley.

Olhei para ela. Eu gostava muito dela. O cabelo ruivo, as sardas, a coragem. Mas não podia deixar que corresse tais riscos.

— Não posso aceitar isso, Ginger – disse eu. – Imagine se alguma coisa acontecer...

— Comigo?

— Sim.

— Mas isso não é problema meu?

— Não. Fui eu que a envolvi nisso tudo.

Ela anuiu com a cabeça, pensativa.

— É, sei que sim. Mas não importa quem se envolveu primeiro. Agora estamos os dois metidos nisso e *precisamos* fazer alguma coisa. Estou falando sério, Mark. Não estou levando tudo como uma grande brincadeira. Se o que acreditamos ser verdade for de fato verdade, é algo brutal e doentio que *precisa parar*! Veja bem, não se trata de assassinatos sangrentos por ódio ou ciúmes, muito menos por cobiça, a debilidade humana de matar para lucrar arriscando a própria pele. São assassinatos como um *negócio*, e sequer querem saber quem é a vítima. Isso se tudo for verdade.

Ela olhou para mim em um momento de dúvida.

— É verdade – disse eu. – E é por isso que tenho medo.

Ginger encostou os cotovelos na mesa e começou a argumentar.

Discutimos o assunto do início ao fim, de trás para frente, repetindo tudo o que já tínhamos conversado enquanto os ponteiros do relógio no consolo da lareira moviam-se lentamente.

Por fim, Ginger recapitulou.

— Então é isso. Já estou precavida, e isso vale por dois. *Eu sei* o que estarão tentando fazer comigo. E não acredito por um segundo sequer que conseguirão fazê-lo. Se existe mesmo esse "desejo de morte", o meu é pouco desenvolvido. Sou uma mulher saudável. E não acho que eu vá desenvolver cálculos biliares ou meningite só porque a velha Thyrza desenhou pentagramas no chão, porque Sybil entrou em transe, ou seja lá o que essas mulheres fazem.

– Bella sacrifica galos brancos, acredito – disse eu, pensativo.

– E você deve admitir que é uma tapeação da pior espécie!

– Não sabemos o que acontece *de fato* – salientei.

– Não. E por isso é importante descobrir. Você acredita mesmo que eu, em um apartamento em Londres, possa desenvolver uma doença fatal por causa do que aquelas mulheres fazem no velho estábulo do Cavalo Amarelo? *Duvido*!

– Não, não posso acreditar – disse eu. Mas acrescentei: – No entanto, acredito...

Nós nos entreolhamos.

– Esse é o seu ponto fraco – disse Ginger.

– Veja só – disse eu. – Vamos inverter as coisas. Ficarei em Londres. Você será a cliente, nós bolamos um plano e...

Ginger balançou a cabeça negativamente.

– Não, Mark – disse ela. – Não vai funcionar se for assim, por diversas razões. A mais importante é que já sou conhecida no Cavalo Amarelo como uma pessoa muito despreocupada. Elas poderiam obter todas as informações a meu respeito com Rhoda. Você já está na posição ideal, é um cliente nervoso que está tentando tomar uma decisão e não conseguiu se comprometer ainda. Tem de ser assim.

– Não gosto disso. Não gosto de imaginar você sozinha em um lugar qualquer, usando nome falso, sem ninguém para cuidar de você. Acho que antes de embarcarmos nessa, deveríamos ir à polícia, agora mesmo, antes de tentarmos qualquer coisa.

– Concordo – disse Ginger, tranquilamente. – Na verdade, acho que é isso o que você deve fazer, pois já tem o que é preciso para começar. Mas quem procurar? Scotland Yard?

– Não – disse eu. – Acho que o inspetor Lejeune é a melhor alternativa.

Capítulo 15

Narrativa de Mark Easterbrook

À primeira vista, tive uma excelente impressão do inspetor Lejeune. Ele tinha um ar competente natural. Além disso, considerava-o um sujeito imaginativo, o tipo de homem que adoraria levar em consideração possibilidades incomuns.

Ele disse:

– O dr. Corrigan me avisou que o senhor viria me procurar. Ele ficou muito interessado neste caso desde o início. O padre Gorman, obviamente, era muito conhecido e respeitado na região. E agora o senhor diz ter informações especiais sobre esse caso?

– Sim, sobre um lugar chamado Cavalo Amarelo – disse eu.

– Que fica em um vilarejo chamado Much Deeping?

– Sim.

– Fale mais a respeito.

Contei a ele sobre a primeira vez que ouvi o nome do lugar, no Fantasie. Contei da visita que fiz a Rhoda e sobre como fui apresentado às "três irmãs sobrenaturais". Relatei, com a maior precisão que pude, a conversa que tive com Thyrza Grey naquela tarde.

– E o senhor ficou impressionado com o que ela disse?

Fiquei sem graça.

– Bem, na verdade, não. Digo, eu não levei muito a sério...

– Não mesmo, sr. Easterbrook? Pois eu acho que sim.

– Bem, acho que o senhor tem razão. A gente só não consegue admitir o quanto se é crédulo.

Lejeune sorriu.

– Mas você omitiu alguma coisa, não? Quando esteve em Much Deeping, já estava interessado no Cavalo Amarelo. Por quê?

– Acho que o fato de a garota parecer tão assustada.

– A garota da floricultura?

– Sim. Ela deixou escapar o nome do Cavalo Amarelo de um modo muito casual. O fato de ter ficado assustada só corroborou a existência de algo assustador. Depois eu me encontrei com o dr. Corrigan, e ele me contou sobre a lista dos nomes. Eu já tinha ouvido falar de duas pessoas, que já estavam mortas. Um terceiro nome soava familiar, e descobri que essa pessoa também estava morta.

– E seria a sra. Delafontaine?

– Sim.

– Continue.

– Acabei me convencendo de que deveria descobrir mais sobre isso tudo.

– E começou a investigar. Como?

Contei para ele sobre minha visita à sra. Tuckerton. Por fim, cheguei ao sr. Bradley e ao Municipal Square Buildings, em Birmingham.

Agora eu tinha toda a atenção dele. Ele repetiu o nome.

– Bradley – disse ele. – Então Bradley está metido nisso?

– O senhor o conhece?

– Sim, sabemos tudo sobre o sr. Bradley. Ele já nos deu muito problema. É um sujeito esperto, faz tudo de modo que não possamos pegá-lo. Conhece todos os expedientes e truques do sistema legal e sempre anda na linha. É o tipo de cara apto a escrever um manual como "Cem maneiras de escapar da lei". Mas assassinato, ainda mais extorsão organizada, é algo que não imaginava fazer parte das atividades dele.

— Agora que lhe contei sobre a conversa que tive com ele, há como agir de alguma maneira?

Lejeune balançou a cabeça lentamente.

— Não, não há nada que possamos fazer. Para começar, não houve testemunhas da conversa. Só havia vocês dois na sala, e ele pode negar tudo, se quiser! Além disso, ele estava certo quando disse que podemos apostar no que quisermos. Ele aposta que alguém não vai morrer e perde. Que crime há nisso? A não ser que possamos ligá-lo com o crime em questão, o que não seria nada fácil.

Ele deu de ombros quando parou de falar. Fez uma breve pausa e prosseguiu:

— Por acaso você cruzou com um homem chamado Venables enquanto esteve em Much Deeping?

— Sim – disse eu. – Levaram-me para almoçar com ele um dia.

— Ah! E qual foi a impressão que teve dele?

— Uma impressão muito forte. É um homem de grande personalidade. Um inválido.

— Sim. Paralisado pela pólio.

— Só se move com cadeira de rodas. Mas a incapacidade parece ter aumentado sua determinação pela vida e o prazer de viver.

— Diga-me tudo o que puder sobre ele.

Descrevi a casa de Venables, os tesouros artísticos e a diversidade de seus interesses.

— É uma pena – disse Lejeune.

— O que é uma pena?

— Que Venables seja paralítico – disse ele, secamente.

— Desculpe-me, mas o senhor tem certeza de que ele é paralítico? Ele não poderia estar fingindo?

– Temos certeza de que ele é paralítico na mesma medida em que temos certeza de todo o resto. O médico dele é sir William Dugdale, da rua Harley, um homem acima de qualquer suspeita. Sir William nos assegurou que os membros de Venables se atrofiaram. O sr. Osborne afirma que viu Venables passando pela rua naquela noite. Mas ele estava errado.

– Entendo.

– Como disse, é uma pena, pois se existe mesmo uma organização que cuida de assassinatos, Venables seria o tipo de homem capaz de planejar isso.

– Sim, foi exatamente o que pensei.

Lejeune traçou círculos entrelaçados sobre a mesa com a ponta do dedo. Em seguida, levantou a cabeça e olhou direto nos meus olhos.

– Vamos juntar as informações que temos com as novidades que você trouxe. Parece razoavelmente correto que haja alguma agência ou organização especializada no que podemos chamar de eliminação de pessoas indesejadas. Não há nada de grosseiro nessa organização. Eles não contratam bandidos ou pistoleiros... Não há nada que prove que as vítimas não tiveram mortes perfeitamente naturais. Devo dizer que além das três mortes que você mencionou, temos informações muito vagas sobre as outras. Todas foram mortes por causas naturais, mas houve quem se beneficiasse com elas. Mas não há evidências, veja só.

"É uma organização inteligente e diabólica, sr. Easterbrook. A pessoa que bolou essa organização é esperta e pensou em todos os detalhes. E só temos alguns nomes esparsos. Sabe Deus quantas mortes mais foram causadas, ou o quanto a organização é conhecida por aí. Só obtivemos essa lista de nomes acidentalmente, revelada por uma mulher que sabia que estava morrendo e queria partir em paz."

Ele balançou a cabeça com raiva e prosseguiu:

— Essa mulher, Thyrza Grey, você disse que ela se vangloriou dos poderes que tem! Ela pode fazer isso na maior impunidade. Podemos acusá-la de assassinato, jogá-la no banco dos réus, proclamar aos céus e ao júri que ela aniquilou pessoas com o poder da mente ou tramando feitiços e, mesmo assim, ela não seria condenada segundo a lei. Ela jamais se aproximou das pessoas que morreram, sequer mandou chocolate envenenado para as vítimas pelo correio ou algo parecido. Segundo o que ela mesma diz, ela simplesmente se senta e usa telepatia! Ora, o tribunal daria gargalhadas disso tudo!

Eu murmurei:

— Mas os anjos não riem, tampouco membro algum da Alta Corte Celestial.

— O que é isso?

— Desculpe, é uma citação de "A hora imortal".

— Bom, isso é verdade. Os demônios no Inferno estão gargalhando, mas não o Guardião dos Céus. É um troço *diabólico*, sr. Easterbrook.

— Sim — disse eu. — É uma palavra que não usamos muito atualmente. Mas é a única que cabe nesse caso. É por isso que...

— Sim?

Lejeune olhou para mim de modo interrogativo.

Eu falei rapidamente:

— Acho que existe uma chance de descobrirmos mais a respeito disso tudo. Eu e uma amiga bolamos um plano. Talvez o senhor ache uma idiotice...

— Deixe que eu tire minhas próprias conclusões.

— Primeiro, concluí por tudo o que disse que o senhor tem certeza da existência dessa organização e de que ela funciona, não é?

— Certamente funciona.

– Mas o senhor não sabe *como* funciona, certo? Nós conhecemos os primeiros passos. O sujeito a quem se chama de cliente ouve falar da organização, começa a pesquisar sobre o assunto, é enviado ao sr. Bradley, em Birmingham, e decide dar continuidade ao assunto. É feito uma espécie de acordo com Bradley e depois o cliente é enviado ao Cavalo Amarelo, ao menos creio que seja assim. Mas não sabemos o que acontece *depois disso*. O que será que realmente acontece no Cavalo Amarelo? Alguém precisa descobrir!

– Prossiga.

– Afinal, não podemos seguir adiante enquanto não soubermos exatamente o que Thyrza Grey faz. O médico legista, Jim Corrigan, diz que isso tudo é conversa fiada, mas será mesmo, inspetor Lejeune?

Lejeune suspirou.

– Você sabe que eu responderia o mesmo que qualquer pessoa sensata: "Sim, é pura conversa fiada". Mas agora estou falando extraoficialmente. Coisas muito estranhas aconteceram nos últimos cem anos. Você acha que há setenta anos alguém acreditaria ser possível ouvir as doze badaladas do Big Ben saindo de uma televisão, e, depois de ter ouvido, ouvir de novo com os mesmos ouvidos, através da janela, as badaladas ecoando do próprio relógio, sem mistério? Acontece que o Big Ben toca somente *uma vez*, não duas, e a pessoa escuta o mesmo som por dois tipos de ondas diferentes! Você acreditaria ser possível conversar com alguém em Nova York, sentado na sua sala de jantar, simplesmente através de um fio de telefone? Há tanta coisa que antes era inconcebível e hoje até uma criança sabe como funciona!

– Em outras palavras, tudo é possível?

– É isso o que quero dizer. Se você me perguntar se Thyrza Grey pode matar alguém virando os olhos, entrando em transe ou projetando sua vontade, eu diria que não. Mas não sei, não dá para se ter certeza. E se ela descobriu algo inusitado?

— Sim — disse eu. — O sobrenatural parece sobrenatural. Mas a ciência de amanhã é o sobrenatural de hoje.

— Veja bem, nossa conversa não é oficial — alertou-me Lejeune.

— O que você diz faz muito sentido. E a minha resposta é que alguém precisa ir até lá e ver o que realmente acontece. Essa é minha proposta: pagar para ver.

Lejeune olhou para mim.

— O caminho já está aberto — disse eu.

Tranquilizei-me e contei para ele todo o plano que eu e minha amiga tínhamos arquitetado.

Ele ouviu franzindo a testa e mordendo o lábio inferior.

— Sr. Easterbrook, eu entendo sua ideia. As circunstâncias, digamos assim, já lhe deram o livre acesso. Mas não sei se o senhor entende plenamente que sua proposta pode ser perigosa, pois essas pessoas são perigosas. Pode ser ruim para você, e certamente será pior para sua amiga.

— Eu sei — disse —, eu sei... Discutimos o assunto uma centena de vezes. Não gosto de tê-la no papel que pretende representar. Mas ela está absolutamente decidida. Que droga, ela quer fazer isso!

Lejeune disse, inesperadamente:

— Ela é ruiva, não é mesmo?

— Sim — disse eu, surpreso com a pergunta.

— Jamais discuta com uma ruiva — disse Lejeune. — Eu que o diga!

Fiquei me perguntando se a esposa dele era ruiva.

Capítulo 16

Narrativa de Mark Easterbrook

Não senti nem uma pitada de nervosismo durante o meu segundo encontro com Bradley. Na verdade, até gostei.

– Coloque-se no lugar de quem contrata o serviço – pediu-me Ginger antes que eu partisse, e foi exatamente isso o que fiz.

O sr. Bradley me recebeu com um sorriso de boas-vindas.

– Mas que prazer em vê-lo – disse ele, estendendo a mão rechonchuda. – Então você andou pensando no seu probleminha, não é? Como eu disse, sem pressa, a seu tempo.

– É exatamente isso o que não pode acontecer – disse eu. – Quero dizer, a situação é meio urgente...

Bradley olhou para mim. Ele notou o meu nervosismo, o modo como eu evitava os olhos dele, a falta de jeito com as mãos enquanto tirava o chapéu.

– Ora, ora – disse ele. – Vejamos o que podemos fazer. Você quer apostar em alguma coisa, é isso? Nada como uma emoção esportiva para esquecer os problemas.

– A situação é a seguinte – disse eu, interrompendo as palavras no ar.

Deixei que Bradley conduzisse a conversa.

– Vejo que você está nervoso – disse ele. – Cautela. Aprecio sua cautela. Jamais diga algo que sua mãe não gostaria de ouvir. Talvez você ache que tem um grampo no meu escritório, seria isso?

Não entendi e deixei que a incompreensão transparecesse no meu rosto.

— É uma gíria para microfone – explicou ele. – Gravadores, essas coisas. Não, você tem a minha palavra de honra de que não há nada disso aqui. Nossa conversa não será gravada de maneira alguma. E se não acredita em mim – a sinceridade dele era bastante envolvente –, tem todo o direito de escolher onde quer que nossa conversa se desenrole: um restaurante, um banco de espera de uma estação de metrô, que tal?

Eu disse que preferia que fosse ali mesmo.

— Muito sensato. Não valeria a pena conversarmos em outro lugar. Nenhum de nós dirá uma palavra sequer que, no linguajar da lei, pudesse "ser usada contra nós". Comece falando do que te preocupa. Você me considera um sujeito compreensivo e sente que seria bom me contar o que está acontecendo. Tenho muita experiência e talvez eu possa aconselhá-lo. Uma dor partilhada é uma dor pela metade, como dizem. Podemos fazer assim?

Concordamos que assim seria e comecei a contar minha história.

O sr. Bradley agia com muita destreza. Fez perguntas quando necessário, me tranquilizou quando abordávamos detalhes mais delicados. Ele era tão bom que não tive dificuldade alguma em contar para ele sobre minha paixão de juventude por Doreen e nosso casamento secreto.

— Acontece com frequência – disse ele, balançando a cabeça. – Com muita frequência. É compreensível: um jovem cheio de ideais, uma garota genuinamente bela. E antes até de pensarem em casamento, já estavam casados. E o que aconteceu depois?

Continuei contando a história.

Nessa parte eu evitei os detalhes, propositalmente. O homem que eu tentava representar não entraria em detalhes sórdidos. Retratei apenas um quadro de decepção, o retrato de um jovem tolo que percebe que foi tolo.

Deixei que ele presumisse a existência de uma briga final. Se Bradley entendesse que minha jovem esposa havia se mandado com outro cara, ou que havia a perspectiva de outro homem, já estava de bom tamanho.

– Mas você sabe – disse eu, ansioso –, embora ela não fosse bem o que eu pensava, ela era uma garota muito doce. Jamais imaginei que ela seria assim... digo, que se comportaria assim.

– E o que exatamente ela fez?

Expliquei a ele que a minha "esposa" voltara.

– E o que você achou que tinha acontecido com ela?

– Acho que algo extraordinário, na verdade *não pensei em nada*. Achei que talvez estivesse morta.

Bradley balançou a cabeça negativamente.

– Puro devaneio. *Por que* ela estaria morta?

– Ela nunca escreveu, nem nunca deu sinal. Nunca ouvi falar dela.

– A verdade é que você queria esquecê-la.

O advogadozinho de olhos arregalados tinha acabado de agir como psicólogo.

– Sim – disse eu, em tom de agradecimento. – O senhor entende? Não é como se eu quisesse me casar com outra pessoa.

– Mas agora você quer, não é isso?

– Bem... – disse eu, demonstrando certa relutância.

Admiti, envergonhado, que sim, que ultimamente eu *tinha* pensado em me casar...

Mas mantive os pés no chão e me recusei terminantemente a dar quaisquer detalhes sobre a garota em questão. Eu não a colocaria no meio disso e não diria uma palavra sobre ela.

Acho que, mais uma vez, minha reação foi correta. Ele não insistiu. Em vez disso, ele disse:

– Extremamente natural, meu caro. Você teve uma experiência desagradável no passado. Agora, encontrou alguém que, sem dúvida, é apropriada para você. Uma pessoa capaz de compartilhar dos seus gostos literários e do seu modo de vida. Uma verdadeira companheira.

Foi quando percebi que ele sabia sobre Hermia. Teria sido fácil. Quaisquer perguntas sobre mim revelariam o fato de que eu só tinha uma amiga próxima. Bradley, desde que recebeu minha carta marcando uma reunião, deve ter descoberto tudo a meu respeito e tudo sobre Hermia. Ele tinha todas as informações.

– E quanto ao divórcio? – perguntou ele. – Não seria a solução natural?

– Não há como cogitar o divórcio – disse eu. – Ela... minha esposa... não quer ouvir falar nessa palavra.

– Oh, meu caro, e qual a atitude dela perante a isso?

– Ela... ela quer voltar para mim. Ela é irracional. Sabe que existe outra pessoa, mas...

– Está jogando sujo... entendo... Parece não haver outra saída, a não ser... Mas ela é muito jovem...

– Ela viverá anos! – disse eu, amargamente.

– Ah, mas nunca se sabe, sr. Easterbrook. Ela morava no exterior, é isso?

– Isso é o que ela diz. Não sei por onde esteve.

– Pode ter sido no Oriente. Você sabe, nesses lugares as pessoas costumam contrair alguma bactéria que fica inativa anos a fio. Depois, quando menos se espera, ela se manifesta! Conheço dois ou três casos do tipo. Talvez sua esposa seja um deles. Se isso for aliviá-lo – ele fez uma pausa –, podemos fazer uma aposta!

Eu balancei a cabeça.

– Ela vai viver anos.

– Bem, as probabilidades estão a seu favor, devo admitir... Mas façamos uma aposta. Aposto 150 mil libras contra cem que ela passa dessa para uma melhor antes do Natal. O que acha?

– Antes disso! Tem de ser antes disso. Eu não posso esperar. É que existem algumas coisas...

Fui incoerente de propósito. Não sei se ele deduziu que a relação entre eu e Hermia tinha ficado mais séria e eu não podia me dar ao luxo de esperar, ou se minha "esposa" tinha ameaçado procurar Hermia e criar problemas. Ele pode ter imaginado que outro homem fosse pedir Hermia em casamento. Não me interessa o que ele pensou. Eu só quis salientar que havia urgência.

– Vamos mexer na aposta, então – disse ele. – Aposto 180 mil libras contra cem que sua esposa morre em um mês. Essa é minha intuição.

Achei que era a hora de barganhar, e foi isso o que fiz. Protestei dizendo que não tinha tanto dinheiro, e Bradley foi esperto. Ele sabia, de uma forma ou de outra, exatamente a quantia que eu poderia gastar em uma emergência. Ele sabia que Hermia tinha dinheiro, e a prova disso foi a alusão de que mais tarde, quando eu estivesse casado, eu nem sentiria a perda da aposta. Além do mais, minha urgência o deixou em uma posição delicada. Ele não cederia.

Por fim, a fantástica aposta foi aceita e fechada.

Assinei uma espécie de nota promissória. Fui incapaz de entender tantas expressões legais naquela fraseologia toda. Na verdade, tive minhas dúvidas da validade legal do documento.

– Tem alguma validade legal? – perguntei.

– Não acredito – disse o sr. Bradley, mostrando sua dentadura de primeiríssima qualidade – que algum dia isso seja colocado à prova. – O sorriso dele não foi muito agradável. – Aposta é aposta. Se o sujeito não paga...

Eu olhei para ele.

– Eu não aconselharia essa atitude, de modo algum – disse ele, tranquilamente. – Não gostamos de caloteiros.

– Eu não sou caloteiro – disse eu.
– Tenho certeza disso, sr. Easterbrook. Agora, vamos aos detalhes. A sra. Easterbrook mora em Londres. Onde, exatamente?
– É preciso mesmo saber?
– Preciso de todos os detalhes, e o próximo passo será marcar um encontro com a srta. Grey. O senhor se lembra dela?

Disse que sim, é claro que me lembrava.

– Uma mulher incrível. Realmente, uma mulher incrível e cheia de dons. Ela vai precisar de um objeto pessoal da sua esposa, como uma luva, um lenço, algo assim.
– Mas para quê? Faça-me o favor...
– Eu sei, eu sei. Eu lhe entendo, mas não me pergunte *para quê*. Eu não tenho a menor ideia. A srta. Grey tem seus segredos.
– Mas o que acontece? O que ela *faz*?
– Você precisa acreditar em mim, sr. Easterbrook, quando digo que não tenho a menor ideia do que ela faz. Eu não sei e, além do mais, *eu não quero saber*. Melhor que seja assim.

Ele fez uma pausa e prosseguiu, em um tom de voz quase paterno:

– Meu conselho é o seguinte, sr. Easterbrook. Faça uma visita à sua esposa. Tranquilize-a, deixe-a pensar que talvez você queira uma reconciliação. Sugiro que viajem durante algumas semanas. Daí, quando o senhor voltar...
– Daí?
– O senhor irá a Much Deeping levando consigo uma peça de roupa dela. – Ele fez uma pausa, pensativo. – Deixe-me ver... Acho que o senhor mencionou da outra vez que tem amigos ou parentes naquela região?
– Sim, uma prima.
– Isso facilita as coisas. Sua prima pode hospedá-lo por um ou dois dias.

— O que as pessoas costumam fazer? Ficam na pousada local?

— Acho que sim... ou voltam de carro para Bournemouth. Sei pouco sobre esses pormenores.

— E o que minha prima vai pensar disso?

— Diga que está curioso em relação às mulheres do Cavalo Amarelo e que quer participar de uma sessão. Não há como ser mais fácil, pois a srta. Grey e sua amiga médium costumam realizar essas sessões. Você sabe como são os espiritualistas. Portanto, diga que tudo não faz o menor sentido, mas que mesmo assim tem interesse em participar. É só isso, sr. Easterbrook, nada mais simples.

— E... e depois disso?

Ele balançou a cabeça, sorrindo.

— Isso é tudo o que posso dizer. Na verdade, é tudo o que sei. A srta. Thyrza Grey ficará a cargo de tudo. Não se esqueça de levar uma luva ou um lenço. Depois, sugiro que o senhor faça uma viagem. A Riviera Italiana é muito agradável nessa época do ano. Tire uma ou duas semanas de folga.

Eu disse que não queria viajar, que queria ficar na Inglaterra.

— Tudo bem, então, mas aconselho terminantemente que o senhor *não fique* em Londres.

— Por que não?

O sr. Bradley olhou para mim em tom de reprovação.

— Só podemos garantir a segurança total do cliente *se* ele obedecer às ordens – disse ele.

— E que tal Bournemouth?

— Sim, Bournemouth seria adequado. Hospede-se em um hotel, faça amizades e seja visto na companhia delas. O objetivo é que você leve uma vida irrepreensível. Se o senhor se cansar de Bournemouth, pode ir até Torquay.

Ele falou com a amabilidade de um agente de viagens.

Mais uma vez, tive de apertar sua mão rechonchuda.

Capítulo 17

Narrativa de Mark Easterbrook

I

— Você vai mesmo participar de uma sessão com a Thyrza? – perguntou Rhoda.
— Por que não?
— Nunca soube do seu interesse por esse tipo de coisa, Mark.
— Não tenho tanto interesse assim – disse eu, sinceramente. – Mas aquelas três formam um grupo muito estranho. Estou curioso para ver o que acontece por lá.

Não foi fácil explicar nesse tom desinteressado. De soslaio, percebi que Hugh Despard me olhava pensativo. Ele era um homem inteligente, vivera uma vida cheia de aventuras, era do tipo que tem um sexto sentido para o perigo. Acho que ele sentiu essa presença naquele momento e percebeu que havia algo mais em jogo do que a mera curiosidade.

— Então eu irei com você – disse Rhoda, alegrando-se. – Eu sempre quis ir.
— Você não vai a lugar algum, Rhoda! – gritou Despard.
— Mas eu não acredito nessas coisas, Hugh. Você sabe que não acredito. Só para me divertir um pouco.
— Esse tipo de coisa não é diversão – disse Despard. – Deve haver algo de verdadeiro nisso, acho muito provável. E não tem um efeito bom sobre as pessoas que vão até lá por "mera curiosidade".
— Então terá de dissuadir Mark também.

— Mark não é responsabilidade minha — disse Despard.

No entanto, ele me lançou mais uma vez aquele olhar de lado, prolongado. Ele sabia que eu tinha um propósito, eu tinha certeza disso.

Rhoda ficou aborrecida, mas acabou abandonando a ideia. Quando encontramos Thyrza Grey por acaso no vilarejo, naquela mesma manhã, a própria Thyrza foi direto ao assunto.

— Olá, sr. Easterbrook, estamos esperando sua visita esta noite. Espero que o senhor goste. Sybil é uma médium extraordinária, mas nunca se sabe de antemão quais serão os resultados. Portanto, não se decepcione. Só peço que mantenha a mente aberta. Os curiosos honestos são sempre bem-vindos, mas uma presença frívola e zombeteira é muito ruim.

— Eu também queria ir — disse Rhoda. — Mas Hugh é muito preconceituoso, você sabe que ele morre de medo.

— Eu não poderia recebê-la — disse Thyrza. — Só podemos ter uma pessoa de fora.

Ela olhou para mim.

— O senhor deveria vir e fazer uma leve refeição conosco antes de iniciarmos — disse ela. — Não comemos nada pesado antes de uma sessão. Que tal às sete? Ótimo, estaremos esperando.

Ela anuiu com a cabeça, sorriu e saiu a passos largos. Eu estava tão absorto nos meus pensamentos enquanto olhava para ela que não entendi o que Rhoda estava dizendo.

— O que disse, Rhoda?

— Você anda muito estranho ultimamente, Mark. Desde que chegou aqui. Está acontecendo alguma coisa?

— Não, é claro que não. O que poderia haver de errado?

— Você teve um bloqueio criativo e não consegue continuar o livro?

— Que livro? — Eu me esqueci completamente do livro por um momento. Depois disse apressado: — Ah, sim, o livro. Está indo.

— Acho que você está apaixonado — disse Rhoda, acusando-me. — Sim, então é isso! O efeito da paixão é horrível sobre os homens, parece desorientá-los. Já com as mulheres acontece o oposto, sentem-se nas alturas, parecem radiantes e duas vezes mais belas do que são. Engraçado, não é mesmo, como a paixão pode favorecer tanto as mulheres e fazer os homens parecerem carneirinhos adoentados.

— Ah, obrigado — disse eu.

— Oh, não fique zangado, Mark. Eu acho excelente e fico encantada. Ela é uma mulher muito bacana.

— Quem?

— Hermia Redcliffe, é claro. Você deve achar que não sei nada de nada, mas há séculos tenho observado vocês. Ela é a pessoa certa para você: bonita, inteligente, nada mais apropriado.

— Esse é o comentário mais malicioso que já ouvi da sua parte — disse eu.

Rhoda olhou para mim.

— De certa forma — disse ela.

Ela se virou e disse que precisava ir ao açougue. Eu disse que precisava conversar com o vigário.

— Mas não é para marcar a data do casamento — disse eu, antes que ela fizesse qualquer comentário.

II

Ir ao vigário era como chegar em casa.

A porta da frente estava aberta de modo hospitaleiro, e quando dei o primeiro passo, pude sentir que um peso se esvaía dos meus ombros.

A sra. Dane Calthrop passou por uma porta nos fundos do hall carregando um enorme balde de plástico verde, por alguma razão que me era inconcebível.

– Olá, é você – disse ela. – Já o esperava.

Ela me entregou o balde. Eu não tinha a menor ideia do que fazer com ele e continuei parado, demonstrando surpresa.

– Do lado de fora, na escada – disse a sra. Calthrop de modo impaciente, como se eu tivesse obrigação de saber onde colocar o balde.

Obedeci. Depois a segui até a mesma sala decadente onde nos sentamos da outra vez. O fogo da lareira estava quase se apagando, mas a sra. Dane Calthrop remexeu a brasa e colocou mais lenha para queimar. Depois, fez um gesto para que eu me sentasse, acomodou-se e se virou para mim com um olhar impaciente.

– E então? – perguntou ela. – O que você fez?

A julgar pelo vigor dela, eu diria que estávamos prestes a perder o trem.

– A senhora me disse para fazer alguma coisa, e é o que estou fazendo.

– Ótimo. Mas o quê?

Contei toda a história para ela. De maneira implícita, acabei falando de coisas que nem eu sabia muito bem.

– Hoje à noite? – disse a sra. Dane Calthrop, pensativa.

– Sim.

Ela ficou em silêncio por um momento, obviamente pensando. Não pude me conter e acabei soltando:

– Não gosto disso. Deus, não estou gostando disso.

– E deveria?

Isso, é claro, eu não podia responder.

– Estou com muito medo do que possa acontecer com ela.

Ela olhou para mim gentilmente.

— A senhora não sabe – disse eu – como ela é corajosa. Se elas conseguirem machucá-la de alguma maneira...

A sra. Dane Calthrop disse em um tom ameno:

— Eu realmente não imagino *como* elas poderiam machucá-la desse jeito.

— Mas elas já fizeram mal a outras pessoas.

— Pelo menos é o que parece... – disse ela, descontente.

— Vai ficar tudo bem. Nós tomamos todas as precauções. Ela não vai sofrer dano algum.

— Mas é exatamente isso o que essas pessoas dizem ser capazes de fazer – salientou a sra. Dane Calthrop. – Elas afirmam ter o poder de agir no corpo através da mente, provocando doenças e enfermidades. É muito interessante se for verdade, mas é pavoroso! E elas precisam ser detidas, já falamos sobre isso.

— Mas ela é a única que está correndo todo o risco – murmurei.

— Alguém tem que assumir o risco – disse a sra. Dane Calthrop calmamente. – Você está de orgulho ferido por não ter sido você e precisa admitir isso. Ginger é a pessoa ideal para o papel que está representando. É uma mulher equilibrada e inteligente, você não vai se decepcionar.

— Não estou preocupado com isso!

— Então não há com o que se preocupar. Ela não será prejudicada. Não fuja do seu propósito. E, se ela morrer, será por uma boa causa.

— Deus meu, a senhora é cruel!

— Alguém precisa ser – disse a sra. Dane Calthrop. – Pense sempre no pior. Você não faz ideia de como isso equilibra os nervos. Você já começa com a certeza de que não pode ser pior do que imaginava.

Ela balançou a cabeça para mim, reafirmando-se.

– Talvez a senhora esteja certa – disse eu, em tom de dúvida.

A sra. Dane Calthrop disse que, com toda certeza, estava certa. Eu comecei a me ocupar dos detalhes.

– A senhora tem telefone?

– Sim, é claro.

Expliquei a ela o que queria fazer.

– Após o encontro de hoje, precisarei manter contato com Ginger, telefonando para ela todos os dias. Eu posso usar o telefone daqui?

– É claro. Há muita gente na casa de Rhoda, você precisa do mínimo de privacidade.

– Devo passar alguns dias na casa de Rhoda. Depois talvez eu vá para Bournemouth, pois não devo voltar para Londres.

– Não adianta ficar planejando agora – disse a sra. Dane Calthrop. – Concentre-se em hoje à noite.

– Hoje à noite... – disse eu, levantando-me. Em seguida, acabei pedindo algo fora de propósito. – Reze por mim... por nós – disse eu.

– Naturalmente que sim – disse a sra. Dane Calthrop, surpresa com o meu pedido.

Quando passei pela porta de entrada, fui tomado de uma súbita curiosidade.

– E o balde, para que serve?

– O balde? Ah, é para as crianças colherem frutinhas no cercado... para a igreja. É um balde horroroso, mas muito prático.

Olhei em volta admirando a riqueza e a beleza do outono.

– Anjos e mensageiros de Deus, defendei-nos! – disse eu.

– Amém – disse a sra. Dane Calthrop.

III

Fui recebido no Cavalo Amarelo de um modo extremamente convencional. Não sei que tipo de atmosfera eu esperava, mas não era aquela.

Thyrza Grey abriu a porta usando um vestido de algodão, preto e liso.

– Que bom que chegou – disse ela em tom profissional. – O jantar já está quase servido.

Nada poderia ser mais prosaico e ordinário...

Percebi que, no fundo da sala enfeitada, a mesa já estava posta para uma refeição simples. Bella nos serviu sopa, omelete e queijo. Ela estava usando um vestido preto de lã e, mais do que nunca, parecia ter vindo de uma comunidade italiana primitiva. Sybil passava uma impressão mais exótica. Ela estava usando um vestido longo e colorido, com uma estampa imitando penas de pavão e detalhes dourados. Não estava usando colares, mas dois braceletes dourados e pesados tilintavam nos pulsos. Ela comeu apenas uma porçãozinha de omelete, falou pouco e nos tratou como se estivesse em outra dimensão, talvez para me impressionar. Na verdade, não me impressionou nem um pouco. O efeito foi teatral e surreal.

Thyrza Grey foi a responsável por conduzir a conversa, fazendo comentários rápidos sobre os acontecimentos locais. Nesta noite, ela agiu como uma típica solteirona inglesa do interior: agradável, eficiente, interessada apenas no que acontece ao seu redor.

Pensei comigo que eu devia ser totalmente maluco. O que havia para temer ali? Até Bella nada parecia além de uma velha camponesa tola, como centenas de outras mulheres desse tipo, sem conhecimentos ou perspectivas mais amplas do mundo.

Relembrei a conversa que tivera com a sra. Dane Calthrop, que me pareceu absurda. Deixamos a imaginação tão à solta que acreditamos sabe-se lá Deus em quê. A ideia de que Ginger, com os cabelos tingidos e nome falso, corria algum perigo nas mãos dessas três mulheres comuns era certamente ridícula.

Quando o jantar acabou, Thyrza disse, reflexiva:

– Não tomaremos café. Não podemos ter estímulos demais. – Ela se levantou. – Sybil?

– Sim – disse Sybil, deixando que o rosto mostrasse claramente o que ela achava ser uma expressão sobrenatural e de arrebatamento. – Já sei, devo me PREPARAR...

Bella começou a retirar a mesa. Caminhei até onde a velha plaqueta ficava pendurada. Thyrza me seguiu.

– Não dá para ver nada com essa luz – disse ela.

Era bem verdade. A imagem amarela e apagada contra a sujeira incrustada do painel mal podia ser identificada como um cavalo. A iluminação da sala era mantida por lâmpadas elétricas fracas que emanavam dos abajures de velino.

– Aquela moça ruiva, qual é mesmo o nome dela? Ginger alguma coisa, que esteve aqui da outra vez e disse que poderia restaurar a plaqueta – disse Thyrza. – Mas acho que ela nem deve se lembrar disso. – Em seguida, acrescentou informalmente: – Acho que ela trabalha em alguma galeria em Londres.

Tive uma sensação estranha ao ouvir Thyrza mencionar o nome de Ginger com tanta casualidade.

– O resultado pode ser interessante – disse eu, olhando para a imagem.

– A pintura nem é boa – disse Thyrza. – É só uma mistura de cal. Mas combina com o lugar, e certamente tem mais de trezentos anos.

– Estou pronta.

Olhamos rapidamente para trás. Bella estava acenando no meio da penumbra.

– Está na hora – disse Thyrza, rápida e naturalmente.

Fui atrás dela em direção ao antigo estábulo.

Como disse anteriormente, não havia ligação dos estábulos com a casa. A noite estava escura e encoberta, sem estrelas. Deixamos a escuridão de fora para trás e entramos em um longo cômodo iluminado.

Durante a noite, parecia outro lugar. Durante o dia, tive a impressão de ser uma agradável biblioteca. Agora, havia se transformado em algo mais. Havia lâmpadas, mas não estavam ligadas. A iluminação era fria e indireta, e se espalhava levemente pelo balcão. No meio do chão havia uma espécie de cama suspensa ou um divã, coberto por um tecido roxo bordado com vários símbolos cabalísticos.

Percebi que no fundo do cômodo havia um pequeno braseiro, e junto a ele uma grande bacia de cobre; uma bacia velha, a julgar pela aparência.

Do outro lado, quase encostada na parede, havia uma cadeira rústica de carvalho até a qual Thyrza me conduziu.

– Sente-se – disse ela.

Obedeci. O jeito de Thyrza havia mudado. O estranho é que eu não consegui identificar exatamente em quê. Não era algo como o ocultismo fajuto de Sybil. Era como se as cortinas da vida cotidiana tivessem sido levantadas. Por trás, havia uma mulher real, que exibia trejeitos parecidos com os de um cirurgião que se aproxima da mesa de operação para realizar um procedimento difícil e perigoso. A impressão ficou mais forte quando ela se dirigiu a um armário e tirou dele uma espécie de jaleco comprido, que sob a luz parecia ser feito de um tecido metalizado. Ela vestiu um par de luvas que mais pareciam uma malha à prova de balas.

– Preciso tomar minhas precauções – disse ela.

A frase soou um tanto sinistra.

Depois, ela se aproximou de mim com um tom de voz contundente:

– Preciso enfatizar, sr. Easterbrook, a necessidade de que você permaneça absolutamente estático onde está. Não saia dessa cadeira, pode não ser seguro. Isso aqui não é brincadeira de criança. Estou lidando com forças que são perigosas para quem não sabe conduzi--las! – Ela fez uma pausa e perguntou: – Você trouxe o que lhe foi pedido?

Sem dizer uma palavra, tirei do bolso um par de luvas de camurça marrom e entreguei para ela.

Ela pegou as luvas e caminhou até uma luminária de metal com cabo retorcido. Ligou a luz e levantou as luvas na frente da lâmpada, cuja cor era estranha e transformou o marrom brilhante do tecido em cinza comum.

Ela desligou a lâmpada e balançou a cabeça, concordando.

– Muito bem – disse ela. – As vibrações de quem as usa são bem fortes.

Ela colocou as luvas em cima do que parecia ser um aparelho de rádio, no fundo do cômodo. Depois aumentou um pouco o tom de voz e disse:

– Bella. Sybil. Estamos prontas.

Sybil foi a primeira. Por cima do vestido de pavão ela usava uma longa capa preta, a qual deixou deslizar pelo corpo com um gesto dramático. A capa caiu no chão e parecia formar uma mancha de tinta escura. Ela se aproximou.

– Espero que dê tudo certo – disse ela. – Nunca se sabe. Por favor, sr. Easterbrook, procure não ser cético. Isso dificulta as coisas.

– O sr. Easterbrook não veio aqui para zombar de nós – disse Thyrza.

Percebi um tom sinistro na voz dela.

Sybil se deitou no divã vermelho. Thyrza se inclinou sobre ela, arrumando as roupas.

– Está confortável? – perguntou ela, solícita.

– Sim, querida, obrigada.

Thyrza apagou algumas luzes. Em seguida, ela puxou uma espécie de dossel sobre rodas e o posicionou na frente do divã, provocando uma forte sombra em Sybil, posicionada no meio da penumbra.

– Muita luz prejudica o transe – disse ela. – Acho que estamos prontas. Bella?

Bella saiu das sombras. As duas mulheres se aproximaram de mim. Com a mão esquerda, Thyrza tomou a mão direita de Bella; com a direita, tomou minha mão esquerda. Bella, por sua vez, tomou minha mão direita. A mão de Thyrza era seca e dura, a de Bela era fria e magra; senti como se tivesse uma lesma na minha mão, o que me provocou arrepios.

Thyrza deve ter apertado um botão em algum lugar, pois surgiu uma música leve vinda do teto. Reconheci a melodia, era a marcha funeral de Mendelssohn.

– *Mise-en-scène* – pensei comigo mesmo, desdenhosamente. – Que baita espetáculo de ilusionismo! – Eu estava sendo frio e crítico, mas ao mesmo tempo senti uma tensão pairando no ar.

A música parou e houve uma longa espera. Só se ouvia o som da nossa respiração. A de Bella era levemente ofegante; a de Sybil, profunda e contínua.

De repente, Sybil falou, mas não com a própria voz. Era uma voz masculina e gutural, com sotaque estrangeiro, bem diferente do seu tom delicado.

– Estou aqui – disse a voz.

Elas soltaram minhas mãos. Bella desapareceu nas sombras.

— Boa noite. Macandal?

— Sim, sou Macandal.

Thyrza se aproximou do divã e afastou o dossel. O rosto de Sybil foi tomado por uma luz fraca. Ela parecia estar em sono profundo, e seu rosto, em repouso, parecia bem diferente.

As rugas desapareceram e ela parecia mais jovem. Eu seria capaz de dizer que ela estava bonita.

Thyrza disse:

— Está preparado, Macandal, para se submeter ao meu desejo e à minha vontade?

A voz, profunda, respondeu:

— Sim, estou.

— Promete proteger o corpo de Dossu, que você habita, de todo mal físico? Dedicará sua força vital ao meu propósito, para que o meu propósito possa ser realizado por meio dela?

— Sim.

— Destinará este corpo para que a morte, ao passar por ele, obedecendo às leis naturais, possa atingir o corpo da receptora?

— O morto é enviado para provocar a morte. Que assim seja.

Thyrza deu um passo para trás. Bella se aproximou e suspendeu um crucifixo. Thyrza o colocou, invertido, sobre o peito de Sybil. Depois, Bella trouxe um pequeno frasco verde, do qual Thyrza despejou uma ou duas gotas sobre a testa de Sybil e fez um traço com o dedo. Percebi que era o sinal da cruz, também invertido.

Ela disse para mim, brevemente:

— Água benta da igreja católica de Garsington.

A voz dela estava normal, o que deveria ter quebrado o feitiço; mas, em vez disso, só tornou todo o procedimento mais alarmante.

Por fim, ela pegou aquele horroroso chocalho que vimos no outro dia. Sacudiu-o três vezes, depois o envolveu nas mãos de Sybil.

Ela deu um passo para trás e disse:

– Tudo pronto.

Bella repetiu as mesmas palavras:

– Tudo pronto.

Thyrza se voltou para mim e disse, com a voz baixa:

– Acho que você não está tão impressionado assim com o ritual, não é? Alguns visitantes ficam. Talvez para você isso não passe de uma asneira... Mas não se iluda. Os rituais, um padrão de palavras e expressões santificado pelo tempo e pelo uso, têm um efeito sobre o espírito humano. O que causa as histerias em massa? Não sabemos exatamente. Mas é um fenômeno que existe. Essas práticas antigas têm seu papel – um papel necessário, acredito.

Bella, que tinha saído do velho estábulo, acabara de retornar trazendo um galo branco. Ele estava vivo, lutando para se libertar.

Com um giz branco na mão, ela se ajoelhou e pôs-se a desenhar símbolos no chão, em volta do braseiro e da bacia de cobre. Ela colocou o galo no centro da bacia e ele ficou estático.

Ela desenhou mais símbolos, entoando cantos com uma voz baixa e gutural. As palavras eram incompreensíveis, mas quando ela se ajoelhava e inclinava o corpo, era claro que se entregava a um êxtase obsceno.

Olhando para mim, Thyrza disse:

– Você não acredita, não é? É um ritual muito, muito antigo. O feitiço da morte segundo velhas receitas passadas de mãe para filha.

Não pude entender Thyrza. Ela nada fez para estimular o efeito que o desempenho pavoroso de Bella poderia ter causado nos meus sentidos. Ela parecia ter assumido, de propósito, o papel de comentarista.

Bella esticou os braços e voltou as mãos abertas para o braseiro, e uma chama cintilante surgiu. Ela salpicou alguma coisa sobre o fogo e um aroma forte e enjoativo encheu o ar.

– Estamos prontas – disse Thyrza.

O cirurgião, como imaginei, pegou o bisturi...

Ela caminhou até o que eu supunha ser um rádio antigo. Quando o abriu, percebi que se tratava de um aparelho elétrico um pouco mais complexo, sobre rodas. Ela o arrastou lentamente e com cuidado, colocando-o perto do divã. Inclinou o corpo e ajustou os controles, murmurando consigo mesma:

– Bússola, norte-nordeste... graus... é isto.

Pegou as luvas e as colocou em uma posição específica, acendendo ao lado delas uma pequena lâmpada violeta.

Foi quando disse para a figura inerte no divã:

– Sybil Diana Helen, você está livre de seu invólucro mortal, protegido e resguardado pelo espírito Macandal. Está livre para se encontrar com a dona destas luvas. Como todos os seres humanos, ela caminha para a morte. Não há satisfação final exceto a morte. Somente a morte é a solução de todos os problemas. Somente a morte concede a verdadeira paz. Esta é a certeza dos grandes sábios. Lembre-se de Macbeth: "Tranquilo dorme, agora, depois das febris convulsões da vida". Lembre-se do êxtase de Tristão e Isolda. Amor e morte. Amor e morte. Mas a morte é mais...

As palavras ressoavam, ecoavam, repetiam-se. A grande máquina, parecida com uma caixa, começou a emitir um zumbido baixinho e as lâmpadas brilharam. Eu senti um arrebatamento e uma empolgação, sensações que não pude mais disfarçar. Thyrza, com seus poderes à flor da pele, mantinha totalmente prostrada aquela figura no divã, usando-a. Thyrza a usava para um objetivo definido. Percebi vagamente que a sra. Oliver não temia Thyrza, mas sim Sybil, que aparentava ser uma tola. Sybil tinha um poder, um dom natural que nada tinha a ver com a mente ou com o intelecto; era um poder físico, o poder de se separar do corpo. Uma vez separada, sua mente não mais lhe pertencia, e sim à Thyrza. E Thyrza estava usando essa possessão temporária.

Mas e a caixa, onde entra nessa história?

De repente, todo o meu medo foi direcionado para a caixa! Qual era o segredo diabólico daquela caixa? Será que gerava algum tipo de força que atuava nas células cerebrais? E, assim, o cérebro, seria condicionado?

A voz de Thyrza fez-se novamente ouvida:

– O ponto fraco... sempre há um ponto fraco nas profundezas da carne... A força vem pela fraqueza, a força e a paz da morte... Rumo à morte, rumo à morte lenta e natural. O verdadeiro caminho, o natural. Os tecidos do corpo obedecem à mente... Controle-os, controle-os... Rumo à morte... Morte, a Vencedora morte... Morte, breve, muito em breve... Morte... Morte... MORTE!

O tom de voz dela foi subindo até chegar ao grito... e, logo depois, Bella também soltou um grito animalesco. Quando ela se levantou, vi o brilho da faca e ouvi o grito seco do galo... o sangue escorria na bacia de cobre. Bella veio correndo, ergueu a bacia e gritou:

– Sangue... *sangue*... SANGUE!

Thyrza tirou de repente as luvas da máquina e as entregou a Bella. Após mergulhá-las no sangue, Bella as devolveu para Thyrza, que as recolocou na máquina.

Bella clamou novamente com uma voz arrebatadora:

– *Sangue... sangue... sangue...*

Ela começou a correr em volta do braseiro, depois se jogou no chão, contorcendo-se. O braseiro soltou centelhas de fogo e se apagou.

Eu senti um enjoo terrível. Com a visão turva, segurei o braço da cadeira e senti a cabeça girando...

Escutei um clique da máquina parando de funcionar. Depois, escutei a voz clara e serena de Thyrza:

– A magia antiga e a magia nova. O conhecimento antigo da fé, o conhecimento novo da ciência. Juntos, prevalecerão...

Capítulo 18

Narrativa de Mark Easterbrook

– E então, como foi? – perguntou Rhoda, curiosa, na mesa de café da manhã.

– Nada de mais – disse eu, demonstrando indiferença.

Senti um desconforto ao perceber que Despard olhou para mim. Um sujeito observador.

– Elas desenharam pentagramas no chão?

– Vários.

– E galo branco, tinha algum?

– Tinha. Foi o momento em que Bella brincou e se divertiu.

– E os transes?

– Transes também.

Rhoda parecia decepcionada.

– Então parece que não foi tão interessante – disse ela, ressentida.

Eu disse que tudo tinha sido mais do mesmo. Fosse como fosse, matei minha curiosidade.

Quando Rhoda foi para a cozinha, Despard me perguntou:

– Você ficou abalado, não é?

– Bem...

Eu estava tenso, tentando minimizar a impressão daquilo tudo, mas não era fácil enganar Despard.

– De certa forma, foi... um tanto brutal – disse eu, lentamente.

Ele assentiu com a cabeça.

– A gente não acredita muito, principalmente por sermos racionais – disse Despard. – Mas essas coisas têm um efeito. Presenciei muito disso na África Oriental. Os curandeiros de lá têm um domínio terrível sobre as pessoas, e admito que há muitas coisas estranhas que acontecem e que não têm explicação.

– Mortes?

– Também. Se o sujeito descobre que foi marcado para morrer, ele morre.

– Poder da sugestão, suponho.

– Possivelmente.

– Mas isso não é o suficiente para resolver a questão?

– Não exatamente. Há casos dificílimos que nenhuma das banais teorias científicas consegue explicar. Geralmente não funciona com pessoas mais esclarecidas, embora eu conheça alguns casos. Se a crença corre no seu sangue, então acontece! – disse ele, deixando-me pensativo.

– Concordo que para nem tudo há uma explicação – disse eu, ponderadamente. – Coisas estranhas acontecem até na nossa região. Certa vez eu estava em um hospital em Londres quando chegou uma histérica, reclamando de dores terríveis nos ossos, no braço etc. Ninguém conseguia explicar, mas suspeitavam de que ela fosse neurótica. O médico disse que o braço ficaria curado depois que passassem um vergalhão incandescente no braço dela. E você acha que ela topou se submeter ao tratamento? Sim, ela topou.

"A moça virou a cabeça para o outro lado e cerrou os olhos. O médico pegou um bastão de vidro, mergulhou na água gelada e passou no braço da moça. Ela gritou de tanta dor. 'Vai ficar tudo bem', disse ele. 'Espero que sim, pois foi terrível. Me queimou', disse ela. O estranho não foi ela acreditar que tinha sido queimada, e sim o fato de o braço realmente ter queimado. O braço dela estava cheio de bolhas onde o bastão encostou."

– E ela ficou curada? – perguntou Despard, curioso.

– Sim. A nevrite, ou o que seja, nunca mais apareceu. Ela só precisou de tratamento para as queimaduras.

– Extraordinário – disse Despard. – Realmente incrível, não?

– O médico ficou perplexo.

– Aposto que sim... – Despard olhou para mim, curioso. – Por que você tanto quis ir àquela sessão de ontem?

Encolhi os ombros.

– Aquelas três me intrigam. Eu queria ver o tipo de espetáculo que ofereciam.

Despard não disse mais nada. Não acho que ele tenha acreditado em mim. Como eu disse, ele era um sujeito observador.

Logo em seguida, fui até o vicariato. A porta estava aberta, mas parecia não haver ninguém em casa.

Entrei na saleta onde ficava o telefone e liguei para Ginger.

– Alô?

– Ginger!

– Ah, é você! O que aconteceu?

– Está tudo bem?

– É claro que sim, por que não estaria?

Uma sensação de alívio tomou conta de mim.

Ginger estava bem; senti um bem-estar enorme com seu jeito provocante, que me era familiar. Como pude acreditar que aquele monte de asneiras machucaria uma criatura tão sadia como Ginger?

– Achei que talvez você tivesse tido algum pesadelo – disse eu, sem convicção.

– Não, não tive. Achei que teria também, mas acordei normalmente e nada de especial me aconteceu. Fico quase indignada porque nada aconteceu comigo...

Eu ri.

— Mas continue, me conte – disse Ginger. – Como foi o procedimento?

— Nada muito fora do comum. Sybil se deitou em um divã vermelho e entrou em transe.

Ginger deu uma gargalhada.

— Ela entrou em transe? Que coisa maravilhosa! O divã era de veludo e ela estava nua?

— Sybil não é uma Madame de Montespan. E não era magia negra. Na verdade, Sybil usava bastante roupa, um vestido azul com estampa de pavão e vários símbolos bordados.

— Parece mesmo do estilo de Sybil. E Bella, o que fez?

— Bella foi brutal. Ela matou um galo branco, depois mergulhou suas luvas no sangue.

— Que nojo... e o que mais?

— Várias coisas – disse eu.

Achei que estava me saindo bem, e prossegui:

— Thyrza fez todos os truques concebíveis. Evocou um espírito, acho que o nome era Macandal. Houve entoações e luzes coloridas. A maioria das pessoas ficaria bastante impressionada, tremeria nas bases de medo.

— E você, ficou assustado?

— Bella me assustou um pouco – disse eu. – Ela estava com uma faca asquerosa e cheguei a pensar que talvez ela me fizesse de segunda vítima, depois de matar o galo.

Ginger persistiu:

— Você não teve medo?

— Esse tipo de coisa não me influencia.

— Então, por que você ficou tão aliviado ao saber que eu estava bem?

— Ora, porque... – eu parei de falar.

— Tudo bem – disse Ginger, amavelmente. – Não precisa responder. E também não precisa esconder suas sensações. *Alguma coisa* te impressionou.

– Acho que foi só porque elas, digo, Thyrza, parecia muito confiante no resultado.

– Confiante de que tudo que me relatou pode realmente *matar* alguém?

Ginger estava incrédula.

– É tolice – concordei.

– Bella também estava confiante?

Parei para pensar, e disse:

– Acho que Bella só estava se divertindo matando o galo e afundando numa espécie de orgia de maus desejos. Ouvi-la gemendo "Sangue... sangue..." foi realmente estranho.

– Eu adoraria ter assistido – disse Ginger, arrependida.

– Queria mesmo que tivesse assistido – disse eu. – Francamente, tudo não passou de um espetáculo.

– E você está bem, não está? – perguntou Ginger.

– Como assim, se estou bem?

– Você não parecia quando me ligou, mas agora está.

Ela estava certa. Ouvir aquela voz alegre de sempre foi maravilhoso para mim. No fundo, eu tirei o chapéu para Thyrza Grey. Por mais falso que pudesse parecer, o ritual encheu minha cabeça de dúvidas e apreensão. Mas agora, nada mais importava. Ginger estava bem e não teve pesadelos.

– E o que fazemos agora? – perguntou Ginger. – Devo ficar quieta mais uma ou duas semanas?

– Se quiser ganhar cem libras do sr. Bradley, sim.

– Que seja a última coisa que tenhamos de fazer... vai continuar hospedado na casa de Rhoda?

– Por alguns dias. Depois vou para Bournemouth. Você pode me ligar todos os dias, ou melhor, eu ligo. Agora estou no vicariato.

– E como está a sra. Dane Calthrop?

– Em plena forma. Contei tudo para ela, por sinal.

– Eu achei que contaria. Então, até logo. A rotina será enfadonha na próxima quinzena. Trouxe trabalho para terminar e vários livros que sempre quis ler, mas nunca tive tempo.

– O que você disse na galeria?

– Disse que estava fazendo um cruzeiro.

– E você queria estar viajando?

– Não necessariamente – disse Ginger. A voz dela estava um pouco estranha.

– Recebeu alguma visita suspeita?

– Nada além do previsto. O leiteiro, o medidor de gás, uma mulher perguntando as marcas de cosméticos que eu usava, um sujeito pedindo minha assinatura numa petição para abolir bombas nucleares e uma mulher pedindo uma contribuição para portadores de deficiência. Ah, e os porteiros, é claro. São muito prestativos. Um deles trocou uma lâmpada para mim.

– A princípio tudo inofensivo – comentei.

– E o que você esperava?

– Realmente, não sei.

Acho que eu esperava lidar com algo de concreto.

Mas as vítimas do Cavalo Amarelo morreram por livre vontade... Não, a palavra *livre* não é a mais apropriada. Por um processo que eu não entendia, cresceram nelas as sementes da fraqueza.

Eu sugeri que talvez o medidor de gás fosse um impostor, mas Ginger retrucou:

– O crachá dele era autêntico – disse ela. – Eu pedi as credenciais! É só o sujeito que sobe na escada, olha o medidor e faz as anotações. Um sujeito honesto, não tocaria nos canos, nem no aquecedor. Posso garantir que ele não forjou um vazamento de gás no meu quarto.

Não, o Cavalo Amarelo não provoca acidentes concretos como vazamentos de gás.

– Ah, tive mais uma visita – disse Ginger. – Seu amigo, o dr. Corrigan. Ele é gentil.

– Suponho que Lejeune tenha pedido para ele procurá-la.

– Ele parecia se sentir no dever de cuidar de alguém com o mesmo sobrenome. Viva os Corrigan!

Desliguei o telefone, aliviado. Voltei para a casa de Rhoda e a encontrei no gramado, passando uma espécie de unguento em um dos cães.

– O veterinário acabou de sair – disse ela. – Disse que é uma doença de pele, acho que é muito contagiosa. Não quero que as crianças peguem, nem os outros cães.

– Ou os adultos – sugeri.

– Ah, geralmente quem pega são as crianças. Ainda bem que ficarão na escola o dia todo... fique quieta, Sheila!

"Essa doença faz o pelo cair – continuou ela. – Deixa buracos no pelo, mas depois cresce de novo."

Anuí com a cabeça e ofereci ajuda, mas ela recusou. Concordei e saí andando.

Sempre pensei que o mau daquela região era nunca haver mais de três direções para caminhar. Em Much Deeping, podemos pegar o caminho para Garsington, para Long Cottenham ou subir a Shadhanger Lane até chegar à estrada Londres-Bournemouth, a três quilômetros dali.

Até o dia seguinte, no horário do almoço, examinara as estradas de Garsington e Long Cottenham. A próxima seria a Shadhanger Lane.

Enquanto caminhava, fui tomado por uma ideia. A entrada de Priors Court ficava na Shadhanger Lane. Por que não visitar o sr. Venables?

Quanto mais eu pensava, mais tinha vontade de visitá-lo. Não poderia haver nada de suspeito nisso. Rhoda havia me levado até lá da última vez em que estive na casa dela. Nada mais natural do que ligar e perguntar se ele poderia me mostrar novamente algum objeto específico que não tive tempo de ver ou apreciar naquela ocasião.

O fato de o farmacêutico (Qual era mesmo o nome dele? Odgen? Osborne) tê-lo reconhecido era, no mínimo, interessante. É certo que, segundo Lejeune, era praticamente impossível que Venables fosse o mesmo homem devido à sua incapacidade, mas me intrigava a ideia de que ele pudesse ter errado e se referido a outra pessoa da vizinhança, alguém que tivesse características muito parecidas.

Venables tinha algo misterioso, pude sentir isso na primeira vez em que o encontrei. Certamente era inteligentíssimo. Além disso... que palavra posso usar para me referir a ele? Ardiloso, talvez. Predatório. Destrutivo. Talvez um homem esperto demais para cometer um assassinato, e esperto o suficiente para organizar muito bem um assassinato, se quisesse.

Pelo que eu sabia do caso, seria perfeitamente possível encaixar Venables dentro dele. O mestre por trás da cena. Mas o farmacêutico, Osborne, dissera ter *visto Venables andando em uma rua de Londres*. Como isso era impossível, a identificação era inútil, e o fato de Venables viver nos arredores do Cavalo Amarelo nada significava.

Mesmo assim, achei que seria bom ver o sr. Venables mais uma vez. Quando cheguei ao portão de Priors Court, entrei e subi meio quilômetro de um caminho sinuoso.

O mesmo criado abriu a porta e disse que o sr. Venables estava em casa. Ao pedir que eu aguardasse no hall, ele disse que "o sr. Venables nem sempre está bem para receber visitas" e saiu. Alguns instantes depois, ele voltou e disse que o sr. Venables estava muito contente com a minha chegada.

Venables me deu as boas-vindas de modo extremamente cordial, conduzindo a cadeira de rodas e me cumprimentando como um velho amigo.

– Muito gentil você ter me procurado, meu caro. Soube que você estava na região e iria ligar esta tarde para Rhoda, convidando-os para almoçar ou jantar.

Pedi desculpas por ter aparecido daquela maneira, mas disse que agi por impulso: saí para caminhar, passei pelo portão e resolvi entrar.

– Na verdade, eu adoraria ver mais uma vez suas miniaturas mongóis – disse eu. – Não tive tempo para vê-las com cuidado naquele dia.

– É claro. Fico feliz em saber que gostou delas. Têm detalhes refinados.

Após isso, nossa conversa foi totalmente técnica. Devo admitir que gostei muito de olhar mais de perto tantas coisas maravilhosas que ele tinha.

O chá foi servido e ele insistiu para que eu tomasse.

Chá não é uma das minhas bebidas prediletas, mas eu gostei do chá esfumaçado da China e das delicadas xícaras em que foi servido. Havia torradas quentes com anchova na manteiga e bolo de ameixa feito à moda antiga, o que me lembrou da infância, quando eu tomava chá com a minha avó.

– Caseiro – disse eu, aprovando.

– Com certeza! Jamais compramos bolos prontos nesta casa.

– Sua cozinheira é maravilhosa. Você não acha difícil manter uma equipe de empregados no campo, tão longe das coisas como aqui?

Venables deu de ombros.

– Tenho de estar com os melhores, e insisto nisso. Obviamente, alguém tem de pagá-los. Eu pago.

Toda sua arrogância natural acabara de ser demonstrada. Eu disse, em um tom seco:

– Ter uma fortuna suficiente para isso certamente resolve muitos problemas.

– Mas tudo depende do que se quer na vida. O que importa é saber se seus desejos são fortes o bastante. Muitas pessoas fazem dinheiro sem ter noção do que querem obter com o dinheiro. E o resultado é ficarem presas no que chamo de máquina de fazer dinheiro. Tornam-se escravos. Vão para o escritório muito cedo e saem muito tarde, nunca têm tempo para *apreciar*. E o que ganham em troca? Carros maiores, casas mais amplas, governantas ou esposas mais caras, e eu diria até dores de cabeça maiores.

Ele inclinou o corpo para frente.

– O objetivo supremo da maioria dos homens ricos é este: simplesmente *ganhar* dinheiro. Reinvesti-lo em empreendimentos maiores para fazer mais dinheiro. E *para quê*? Será que em algum momento eles param para se perguntar o motivo? Eles não sabem.

– E quanto a você?

– Eu... – ele sorriu. – Eu sabia o que eu queria. O ócio infinito para contemplar as belezas desse mundo, naturais e artificiais. Como apreciá-las em seu ambiente natural foi algo que me foi negado nos últimos anos, eu as trouxe até mim, belezas do mundo inteiro.

– Mas antes disso é preciso ter dinheiro.

– Sim, é preciso planejar a própria vitória, e isso requer muito esforço. Mas hoje realmente não há necessidade de servir a qualquer sórdido aprendizado.

– Não entendi.

– O mundo está mudando, Easterbrook. Sempre mudou, mas hoje a mudança é mais rápida. O tempo está correndo mais rápido e é preciso tirar vantagem disso.

– Um mundo em mutação... – disse eu, pensativo.

– Ele abre mais perspectivas.

– Sabe, acho que você está falando com um sujeito que tem uma visão realmente oposta, voltada para o passado, e não para o futuro – disse eu, desanimado.

Venables deu de ombros.

– Futuro? Quem pode prevê-lo? Eu falo do hoje, do agora, do momento atual! Não levo mais nada em consideração. As novas técnicas estão aí para serem usadas. Já temos máquinas que podem responder certas questões em segundos, se comparadas a horas ou dias de trabalho humano.

– Você fala de computadores? Inteligência artificial?

– Coisas desse tipo.

– Acha que tomarão o lugar dos homens?

– Dos *homens*, sim. Dos homens, individualmente, que não passam de simples peças de uma engrenagem maior. Mas do Homem, não. Sempre haverá o Homem que controla, que pensa, que elabora as questões para a máquina responder.

Balancei a cabeça, em dúvida.

– Você fala do Super-Homem? – disse eu, um tanto zombador.

– E por que não, Easterbrook? Por que não? Lembre-se de que sabemos, ou estamos começando a saber, alguma coisa sobre o Homem como animal. A prática do que chamam incorretamente de "lavagem cerebral" abriu possibilidades extremamente interessantes nessa direção. A *mente* do homem, e não só o corpo, responde a certos estímulos.

– Uma doutrina perigosa – eu disse.

– Perigosa?

– Perigosa para os sábios.

Venables deu de ombros.

– A vida é perigosa. Nós, que fomos criados em um dos bolsinhos da civilização, nos esquecemos disso. Porque a civilização não passa disso, Easterbrook: grupinhos de homens aqui e ali, homens que se juntaram para ter mútua proteção e que por isso conseguem enganar e controlar a natureza. Eles venceram a selva, mas a vitória é temporária. A qualquer momento, a selva vai assumir o controle de novo. Cidades que um dia tiveram orgulho de ser o que eram hoje são apenas um monte de terra coberto de vegetação e de pobres cabanas dos homens que conseguiram sobreviver, nada mais. Viver é sempre perigoso, jamais se esqueça disso. No final, talvez, a vida seja destruída não só por forças naturais, mas também pelas nossas próprias mãos. Estamos muito perto disso...

– Isso não se pode negar, é claro. Mas estou interessado na sua teoria do poder sobre a mente.

– Ah, isso... – de repente, Venables pareceu constrangido. – Acho que exagerei um pouco.

Achei interessante o constrangimento e o retraimento dele nessa última frase. Venables vivia muito sozinho. E quem vive sozinho tem necessidade de conversar com alguém, quem quer que seja. Venables conversou comigo, e talvez não de maneira sábia.

– O Super-Homem – disse eu. – Você já tentou me convencer a respeito de uma versão moderna dessa ideia, não é?

– Nada há de novo nisso, é claro. A fórmula do Super-Homem é antiga. Filosofias inteiras foram construídas tendo essa ideia como base.

– Sim... mas me parece que o seu Super-Homem é diferente... Um homem que poderia usar o poder *sem* que ninguém soubesse.

Olhei para ele enquanto falava. Ele sorriu.

– Você está me atribuindo esse papel, Easterbrook? Seria ótimo se fosse verdade. Mas é preciso que alguma coisa compense... *isso*!

Ele colocou as mãos sobre uma manta que cobria as pernas e pude sentir uma amargura repentina na sua voz.

– Não lhe darei minha compaixão – disse eu. – Compaixão é pouco para um homem como você. Mas digamos que *se* eu estivesse pensando nesse personagem, um homem capaz de transformar um desastre imprevisto em triunfo, você se encaixaria nele perfeitamente, na minha opinião.

Ele riu levemente.

– Você está me lisonjeando.

Ele estava satisfeito, isso pude perceber.

– Não – disse eu. – Já conheci gente o bastante na minha vida para reconhecer um homem incomum e cheio de dons quando o encontro.

Fiquei com medo de ir longe demais. Mas é possível mesmo ir longe demais quando se trata de lisonja? Que pensamento deprimente! É preciso levá-lo a sério e evitar a armadilha.

– Fico me perguntando o que realmente o levou a dizer essas coisas. Tudo isso aqui? – disse ele, fazendo um gesto com a mão ao redor da sala.

– Isso é a prova de que você é um homem rico, um comprador sábio de muito bom gosto – disse eu. – Mas acho que há algo mais aí do que a simples posse. Você se propõe a adquirir coisas belas e interessantes, e deu pistas de que nada foi comprado por meio do trabalho.

– Exatamente, Easterbrook, exatamente. Como disse, só os tolos trabalham. O segredo de todo sucesso é simples, mas é preciso refletir sobre ele: basta pensar nele e colocá-lo em prática para que aconteça!

Olhei para ele. Algo simples, tão simples quanto a eliminação de pessoas indesejadas? Satisfazer uma necessidade. Uma ação executada sem perigo para ninguém, exceto para a vítima. Uma ação planejada pelo sr. Venables sentado na cadeira de rodas, exibindo seu grande nariz adunco mais parecido com o bico de uma ave de rapina e seu pomo de adão, movimentando-se para cima e para baixo. Mas executada por quem? Thyrza Grey?

Olhei para ele e disse:

— Toda essa conversa sobre força do pensamento me lembra algo que a velha srta. Grey me disse.

— Ah, a querida Thyrza! — O tom de voz dele era suave e complacente (ou será que vi uma leve piscada nos olhos dele?). — Dizem tantas bobagens aquelas duas! E o pior é que realmente acreditam naquilo, sabia? Você esteve lá em uma daquelas ridículas sessões? Tenho certeza de que elas insistiriam para que você fosse.

Hesitei por um instante enquanto decidia como agir.

— Sim — disse eu. — Fui a uma sessão.

— E o que achou? Uma grande bobagem, suponho. Ou ficou impressionado?

Evitei olhar nos olhos dele e me esforcei ao máximo para parecer constrangido.

— Eu... bem... é claro que não acreditei. Elas parecem muito confiantes, mas... — Olhei para o relógio. — Não fazia ideia de que estava tão tarde, preciso ir. Minha prima deve estar preocupada.

— Diga que esteve distraindo um inválido durante uma tarde banal. Dê lembranças a Rhoda, logo devo preparar mais um almoço para nós. Amanhã vou a Londres para uma liquidação interessante na Sotheby's; são peças francesas de marfim feitas na Idade Média. Um requinte! Tenho certeza de que gostará delas, caso eu consiga comprá-las.

Despedimo-nos cordialmente. Será mesmo que percebi uma piscadela maliciosa e distraída nos olhos dele quando falei sobre a sessão de Thyrza? Achava que sim, mas não tinha certeza. Acho que dessa vez eu estava imaginando coisas.

Capítulo 19

Narrativa de Mark Easterbrook

Saí da casa dele no final da tarde. Já estava escuro, e como o céu estava encoberto, desci a estrada sinuosa em zigue-zague. Em determinado momento, olhei para trás e vi as janelas da casa, iluminadas, e acabei saindo das pedras, pisando na grama e trombando com alguém que vinha na direção oposta.

Nós nos desculpamos. Era um homem baixo e robusto, cuja voz era grave e profunda, levemente pegajosa e pedante.

– Sinto muito...

– Não foi nada. A culpa foi minha, não se preocupe...

– É a primeira vez que passo por aqui, por isso não sei muito bem onde estou andando – expliquei. – Eu deveria ter trazido uma lanterna.

– Com licença – disse o estranho, tirando uma lanterna do bolso. Ele ligou a lanterna e me entregou. Com a luz, percebi que ele era um homem de meia-idade, com um rosto redondo e angelical, bigode preto e óculos. Usava uma capa de chuva cara e tinha uma aparência de extremo respeito. Pensei em perguntar por que ele não usava a lanterna em vez de dá-la para mim.

– Ah, agora entendi – disse eu, tolamente. – Saí do caminho.

Voltei para as pedras e ofereci a lanterna de volta.

– Agora consigo me localizar.

– Pode ficar com ela até chegar ao portão.

– Mas você está subindo para a casa?

– Não. Estou indo para o mesmo lugar que você, estou descendo. Depois vou até o ponto de ônibus, estou voltando para Bournemouth.

– Entendi – disse eu, e começamos a descer a ladeira, lado a lado. Ele parecia um pouco constrangido e perguntou-me se eu também iria para o ponto de ônibus. Eu disse que ficaria na vizinhança.

Houve mais uma pausa e pude sentir o constrangimento dele aumentando. Ele fazia o tipo que não gostava de se sentir numa posição artificial.

– O senhor estava visitando o sr. Venables? – perguntou ele, limpando a garganta.

– Sim, estava. Achei que o senhor também ia para lá.

– Não, não. Na verdade... – disse ele, fazendo uma pausa. – eu moro em Bournemouth, ou pertinho de lá. Acabei de me mudar para um chalé.

Tive a sensação de recentemente ter ouvido falar de um chalé em Bournemouth. Enquanto eu tentava lembrar, ele ficava cada vez mais constrangido, até que se pôs a falar.

– Você deve achar bem estranho, na verdade até *eu* acho estranho, encontrar alguém perambulando em propriedade alheia sem ter muita familiaridade com o dono da casa. É difícil explicar, mas posso lhe garantir que tenho meus motivos. Embora eu tenha me instalado em Bournemouth há pouco tempo, sou bem conhecido por lá e vários moradores bastante respeitáveis podem atestar a meu respeito. Na verdade, sou farmacêutico e vendi uma farmácia antiga que tinha em Londres, pois me aposentei e acabei vindo para cá, um lugar que considero muito, muito agradável.

Tudo se esclareceu para mim. Eu achei que sabia quem era aquele homem. Ele continuou seu discurso.

– Meu nome é Osborne, Zachariah Osborne. Como disse, eu tenho, quer dizer, eu tinha um comércio em Londres, na rua Barton, Paddington Green. Uma região excelente na época do meu pai, mas que hoje está radicalmente mudada, infelizmente. Decaiu bastante.

Ele suspirou e balançou a cabeça. Em seguida, resumiu:

– Esta casa é do sr. Venables, não é? Suponho que... ele é seu amigo?

– Não chega a tanto – disse eu, intencionalmente. – É a segunda vez que o vejo. Da primeira, almocei na casa dele com alguns amigos meus.

– Ah, sim... entendi.

Chegamos ao portão de entrada e o atravessamos. O sr. Osborne parou, indeciso, e eu lhe devolvi a lanterna.

– Obrigado – disse eu.

– Não há de quê. Eu... – ele fez uma pausa, e disparou a falar. – Eu não quero que o senhor pense que... quero dizer, teoricamente, é claro que sou um intruso. Não, eu lhe garanto que não se trata de mera curiosidade. Talvez minha posição lhe pareça das mais peculiares e sujeita a má interpretação. Eu realmente gostaria de... de... esclarecer a situação.

Eu esperei. Parecia ser a melhor coisa a fazer. Minha curiosidade foi aguçada e eu queria saber do que se tratava.

O sr. Osborne ficou em silêncio por um instante e decidiu falar:

– Eu realmente gostaria de explicar para o senhor...?

– Easterbrook. Mark Easterbrook.

– Sr. Easterbrook. Como disse, seria maravilhoso poder explicar meu estranho comportamento. O senhor teria um tempinho? Daqui até a estrada principal são só cinco minutos, e há uma pequena cafeteria muito boa no posto perto do ponto de ônibus. O senhor tomaria um café comigo?

Aceitei o convite. Subimos juntos a alameda. O sr. Osborne, bem menos angustiado, falava confortavelmente das amenidades de Bournemouth, do clima excelente, dos shows e de como as pessoas que moravam lá eram gentis.

Chegamos à estrada principal. O posto ficava na esquina do ponto de ônibus. Havia uma pequena cafeteria, limpa e vazia, exceto por um jovem casal sentado no canto. Nós nos sentamos e o sr. Osborne pediu café e biscoitos para nós dois. Depois, ele inclinou o corpo sobre a mesa e desabafou.

– Tudo começou com um caso que o senhor deve ter visto nos jornais há algum tempo. Não chegou a virar manchete de capa, se for esta a expressão correta. Diz respeito a um padre católico da região onde eu tinha minha farmácia, em Londres. Certa noite, ele foi atacado e assassinado, algo horrível. Hoje volta e meia acontece algo assim. Eu acredito que ele era um bom homem, embora eu não seja católico. De qualquer modo, preciso lhe explicar onde entra meu interesse nesse caso. A polícia anunciou que queria conversar com quem tivesse visto o padre Gorman na noite do crime. Por acaso, eu estava parado na porta do meu estabelecimento naquela noite, por volta das oito horas, e vi o padre Gorman passando. Depois dele, bem próximo, vi um sujeito cuja aparência era incomum o bastante para chamar minha atenção. Na hora, obviamente, eu não pensei em nada, mas como sou um sujeito observador, sr. Easterbrook, tenho o hábito de registrar a aparência das pessoas. É quase um hobby, e muitas pessoas que vinham à minha farmácia se surpreendiam por eu lembrar, por exemplo, a receita pela qual haviam me procurado para manipular meses antes. As pessoas gostam de ser lembradas, sabe? E acabei descobrindo que memorizar o rosto das pessoas era uma boa tática para os negócios. De qualquer modo, descrevi para a polícia o sujeito que vi. Eles me agradeceram e ficou por isso mesmo.

"Agora vem a parte surpreendente da história. Há cerca de dez dias, fui a uma quermesse no vilarejo do outro lado da alameda que acabamos de subir e, para minha surpresa, eu vi o mesmo homem que mencionei. Ele devia ter sofrido um acidente, ao menos foi o que pensei, pois usava uma cadeira de rodas. Informei-me e descobri que o nome dele era Venables, que era rico e morava aqui. Após um ou dois dias remoendo a questão, escrevi para o detetive para quem dei meu depoimento, o inspetor Lejeune. Ele veio até Bournemouth me visitar. No entanto, pareceu não acreditar que Venables fosse o mesmo homem que vi na noite do assassinato. Ele me disse que o sr. Venables era paralítico há alguns anos por conta da pólio, e que eu devia ter me confundido devido à semelhança."

O sr. Osborne interrompeu de repente a fala. Mexi o líquido amarelo na minha frente e tomei um pouco. Ele acrescentou três torrões de açúcar na própria xícara.

– Bem, isso parece pôr um fim à questão.

– Sim, sim... – disse o sr. Osborne em um nítido tom de insatisfação. Em seguida, ele inclinou o corpo mais uma vez. Sua careca brilhou sob a lâmpada e seu olhar, por trás dos óculos, tinha um ar obcecado.

– Deixe eu lhe contar uma história. Quando eu era garoto, sr. Easterbrook, um farmacêutico amigo do meu pai foi chamado para depor no caso de Jean Paul Marigot. O senhor deve se lembrar: ele envenenou a esposa com arsênico. O amigo do meu pai identificou o sujeito no tribunal como o homem que deu um nome falso no registro de compra do veneno. Marigot foi condenado e enforcado. Isso me impressionou muito, eu tinha nove anos na época, uma idade muito suscetível. Tive esperanças de que eu também, um dia, fosse participar de uma *cause célèbre* como o instrumento de justiça para a condenação de um assassino. Talvez tenha sido aí que comecei a memorizar o rosto das pessoas. Devo confessar, sr. Easterbrook, embora pareça ridículo, que durante muitos e muitos anos eu pensei na probabilidade de algum homem, determinado a matar a esposa, entrar na minha farmácia para comprar o que fosse preciso.

– Ah, algo como uma segunda Madeleine Smith* – sugeri.

– Exatamente. Ainda bem que nunca aconteceu – disse o sr. Osborne, suspirando. – Ou, se aconteceu, a pessoa nunca foi descoberta. Eu diria que isso ocorre com uma frequência maior do que imaginamos. Portanto, essa identificação, embora não fosse o que eu esperava, abriu a última possibilidade que eu tinha para testemunhar em um caso de assassinato.

O rosto dele se iluminou, como uma criança satisfeita.

– Deve ter sido decepcionante para o senhor – disse eu, compassivamente.

– Sim. – Mais uma vez, a voz do sr. Osborne carregava uma nota de descontentamento.

– Sou um sujeito teimoso, sr. Easterbrook. Os dias foram passando e a certeza de que *eu* estava certo só aumentou. O homem que vi *era* Venables e ninguém mais. Ah! – ele levantou a mão em protesto, interrompendo o que eu estava prestes a falar. – Eu sei. As circunstâncias colaboravam para o meu engano. Eu estava um pouco distante, mas a polícia não levou em consideração que eu estudei o reconhecimento de rostos. Não se trata apenas dos traços, do nariz acentuado, do pomo de adão; há ainda a postura da cabeça, o ângulo do pescoço em relação aos ombros. Eu tentei admitir que estava errado, mas continuei com a sensação de que *estava certo*. A polícia disse que era impossível. Mas *será mesmo* impossível? Isso é o que não paro de me perguntar.

---

* Madeleine Smith (1835-1928), de Glasgow, Escócia, foi julgada em 1857 por ter envenenado o amante com arsênico. O caso ficou famoso e inspirou adaptações na literatura, no teatro e no cinema. (N.T.)

– Com certeza, com uma invalidez daquele tipo...

Ele interrompeu minha fala balançando o dedo indicador.

– Sim, eu sei, mas a experiência que tenho no serviço de saúde... Bem, você ficaria surpreso se soubesse do que as pessoas são capazes e como escapam impunes. Não quero dizer que os médicos são ingênuos ou que esta é uma falsa doença que a polícia logo vai descobrir. Mas há meios que os farmacêuticos conhecem mais do que os médicos. Certas drogas, por exemplo, ou preparados aparentemente inofensivos podem induzir febres, erupções cutâneas e irritações na pele, secura na garganta e até aumentar a secreção...

– Mas dificilmente atrofiar os membros – salientei.

– Tudo bem, tudo bem. Mas quem disse que os membros do sr. Venables são atrofiados?

– O médico, acredito.

– Tudo bem. Mas eu tentei obter informações a esse respeito. O médico do sr. Venables está em Londres, trabalha na rua Harley. Sim, é verdade que ele se consultou com o médico local quando chegou aqui. Mas esse médico se aposentou e hoje mora no exterior. O novo médico *nunca esteve com o sr. Venables*, o qual vai até a rua Harley uma vez por mês.

Olhei para ele, curioso.

– Mas até aí não vejo brecha para... para...

– O senhor não sabe as coisas que sei – disse o sr. Osborne. – Darei um exemplo simples. A sra. H. recebeu benefícios do seguro durante um ano em três lugares diferentes, em um como sra. H, no outro como sra. C e no terceiro como sra. T., usando três cartões que conseguiu com outras senhoras.

– Não entendi...

– Imagine que o sr. Venables conheça um homem pobre, vítima de paralisia, e lhe faça uma proposta – disse ele, balançando agitadamente o indicador. – Digamos que o homem, de maneira geral, se pareça com o sr. Venables. O paralítico verdadeiro, passando-se por Venables, chama um especialista, é examinado e obtém um laudo atestando sua condição. Depois, o sr. Venables passa a residir na região. O médico local quer logo se aposentar. Mais uma vez, o paralítico verdadeiro chama o médico e é examinado. Eis o resultado! O sr. Venables tem um laudo oficial como vítima de pólio e membros atrofiados. Depois é visto na localidade (quando visto) em uma cadeira de rodas etc.

– Os empregados dele saberiam – disse eu, retrucando. – Principalmente o criado particular.

– Mas e se eles formarem uma gangue? Simples, não? Talvez haja a participação de outros empregados também.

– Mas *por quê*?

– Ah – disse o sr. Osborne. – Essa é outra questão. Acho que você riria da minha teoria. Mas aí está um álibi muito bem forjado para alguém que precisa de um álibi. O sujeito poderia estar aqui, ali, em qualquer lugar e ninguém saberia. Alguém o viu caminhando em Paddington? Impossível! Afinal, ele é um inválido inútil que mora no campo etc. – O sr. Osborne fez uma pausa e olhou para o relógio. – Está na hora do meu ônibus, preciso ir. Fiquei remoendo isso, sabe? Pensando se haveria algum modo de provar. Resolvi vir até aqui, pois tenho tido bastante tempo disponível. Às vezes até sinto falta da farmácia. Então, resolvi entrar e, sem exagero, espionar um pouco. Sei que não é uma atitude muito legal. Mas se for esse o jeito de chegar à verdade, de esclarecer o crime... E se, por exemplo, eu pegasse o sr. Venables caminhando tranquilamente no jardim? Além disso, imaginei que, se eles não tivessem fechado as cortinas, o que se costuma fazer uma hora mais tarde no horário de verão, eu poderia dar uma espiadinha. Ele poderia estar perambulando na biblioteca sem imaginar que alguém o espionasse. Afinal, por que imaginaria? Ninguém suspeita dele, pelo que eu saiba.

– Por que o senhor tem tanta certeza de que o homem que viu era Venables?

– *Eu sei* que era o Venables! – disse ele, levantando-se. – Meu ônibus chegou. Prazer em conhecê-lo, sr. Easterbrook. Agora tenho uma preocupação a menos, depois de explicar o que estava fazendo em Priors Court. O senhor deve estar achando tudo um absurdo.

– Talvez não – disse eu. – Mas o senhor não disse o que acha que o sr. Venables está tramando.

O sr. Osborne parecia constrangido e um pouco sem graça.

– Você vai rir, tenho certeza. Todos sabem que ele é rico, mas parece que ninguém sabe *de onde vem o dinheiro dele*. O que penso é o seguinte: ele é um desses chefões do crime sobre os quais lemos por aí. Você sabe, ele planeja tudo e há uma gangue a cargo da execução. Pode parecer uma tolice, mas...

O ônibus parou e o sr. Venables correu para pegá-lo.

Desci a alameda pensativo... a teoria do sr. Osborne era um tanto fantasiosa, mas tive de admitir que talvez ele tivesse razão.

Capítulo 20

Narrativa de Mark Easterbrook

I

Telefonei para Ginger de manhã e disse que, no dia seguinte, eu iria para Bournemouth.

— Encontrei um hotel bem bacana chamado Parque dos Veados, sabe-se lá por quê! Tem várias saídas bem discretas. Eu posso ir até Londres, na surdina, visitá-la.

— Acho que você não deveria. Mas também acharia maravilhoso se viesse. Aqui está uma chatice, você não faz ideia! Se não puder vir, posso dar uma fugida e encontrá-lo em algum lugar.

De repente, percebi alguma coisa.

— Ginger! Sua voz... está diferente.

— Que nada! Está tudo bem, não se preocupe.

— E a sua *voz*?

— Tive só uma dor de garganta, nada de mais.

— Ginger!

— Mark, qualquer um pode ter uma dor de garganta. Acho que estou começando a ficar resfriada, ou então é gripe.

— Gripe? Ginger, não me enrole. Você está bem ou não?

— Não seja exagerado, está tudo bem.

— Diga exatamente o que está sentindo. Você acha que vai ficar gripada?

— Sim, talvez... Meu corpo está doendo um pouco, essas coisas.

— E a temperatura?

— Um pouquinho de febre...

Sentei-me e senti um arrepio gelado atravessar o meu corpo. Eu estava apavorado e sabia que, por mais que Ginger se recusasse a admitir, ela também estava apavorada.

Ela voltou a falar:

– Mark, não entre em pânico. Você *está* em pânico e não há motivo para isso.

– Talvez não. Mas tomaremos todas as precauções. Ligue para o seu médico e peça para ele visitá-la. Agora.

– Tudo bem... Mas ele vai achar que estou procurando pelo em ovo.

– Não interessa, ligue! E depois me dê notícias.

Quando desliguei, permaneci sentado contemplando o telefone preto. Pânico, eu não iria me deixar tomar pelo pânico... As pessoas costumam pegar gripe nessa época do ano... o médico confirmaria isso, e talvez fosse mesmo só um resfriado.

Veio à mente a imagem de Sybil usando o vestido com estampa de pavão, bordado com símbolos malignos. Escutei a voz de Thyrza, determinada, controladora... No chão riscado de giz, Bella evocando espíritos do mal, erguendo um galo branco que se debatia...

Absurdo, tudo isso é absurdo... É claro que é uma superstição absurda...

E a caixa? Não parava de lembrar dela. A caixa não representava a superstição humana, mas uma possibilidade científica... Mas não era possível, não podia ser possível que...

Quando a sra. Dane Calthrop chegou e me viu olhando para o telefone, perguntou na mesma hora:

– O que aconteceu?

– Ginger não está muito bem... – disse eu.

Eu queria que ela dissesse que tudo era uma besteira, que me tranquilizasse. Não foi o que ela fez.

– Nada bom – disse ela. – É, isso não é nada bom.

– Não é possível! – gritei. – Não é possível que elas consigam fazer o que dizem serem capazes.

– Não é?

– Você não acredita... não pode acreditar...

– Mark, meu querido – disse a sra. Dane Calthrop –, tanto você quanto Ginger estavam conscientes do risco, do contrário não teriam feito o que fizeram.

– E o fato de acreditarmos só piora as coisas, pois aumenta a possibilidade!

– Mas você não chega a *acreditar*... você só reconhece que, como alguma evidência, talvez você acredite.

– Evidência? Mas que evidência?

– Ginger estar adoecendo é uma evidência – disse a sra. Dane Calthrop.

Tive ódio dela. Levantei a voz, enfurecido.

– Por que você é tão pessimista?! Ela só está resfriada ou algo do tipo. Por que você continua acreditando no pior?

– Porque, se for o pior, é preciso enfrentá-lo... Não podemos esperar que seja tarde demais para abrir os olhos para a realidade.

– Você acredita que essa feitiçaria ridícula *funciona*? Os transes, as palavras, os sacrifícios e esse monte de truques?

– *Às vezes* funciona – disse a sra. Dane Calthrop. – É isso que precisamos admitir. Grande parte do ritual é uma encenação para criar o clima. Mas no meio da encenação deve haver algo real, algo que *funcione*.

– Algo comprovado, de cunho científico?

– Algo assim. Veja bem, as pessoas descobrem coisas novas o tempo todo, coisas assustadoras. Uma variação desse novo conhecimento poderia ser adaptada por uma pessoa sem escrúpulos para que sirva aos próprios objetivos. O pai de Thyrza era físico...

– *Como*? Como é que é? A maldita caixa! Será que podemos examiná-la? Talvez se a polícia...

– É improvável que a polícia consiga um mandado de busca e apreensão com o pouco de informação que temos.

– E se eu fosse até lá e destruísse a máquina?

A sra. Dane Calthrop balançou a cabeça.

– Pelo que você me disse, o dano foi feito naquela noite, se é que houve algum.

Abaixei a cabeça apoiando-a nas mãos e lamentei:

– Acho que jamais deveríamos ter entrado nessa.

– Seus motivos são nobres – disse a sra. Dane Calthrop, com firmeza. – E o que foi feito, está feito. Teremos mais informações quando Ginger der notícias. Ela deve ligar para a casa de Rhoda, acredito.

Percebi a indireta.

– É melhor eu ir embora.

– Estou sendo ríspida – disse a sra. Dane Calthrop, de repente, enquanto eu saía. – Eu sei que estou sendo ríspida. Estamos nos deixando levar por uma encenação. Sinto que estamos pensando do jeito que querem que pensemos.

Talvez ela estivesse certa. Mas eu não conseguia pensar de outro jeito.

Ginger me telefonou duas horas depois.

– O médico parecia confuso, mas disse que provavelmente é uma gripe – disse ela. – Tem muita gente ficando gripada. Ele recomendou repouso e enviará alguns medicamentos. Minha febre está bem alta, mas deve ser mesmo uma gripe, não é?

Por trás de sua voz rouca e corajosa havia um tom de desespero.

– Vai ficar tudo bem – disse eu, tentando animá-la. – Ouviu? Vai ficar tudo bem. Você está se sentindo muito mal?

– Estou com febre, tudo dói, meus pés e minha pele. Não consigo encostar em nada e... estou queimando de tão quente.

— É a febre, minha querida. Veja bem, estou indo para aí agora. E não me retruque.

— Tudo bem, fico feliz por você vir, Mark. Preciso admitir que não sou tão corajosa quanto pensava...

II

Liguei para Lejeune.

— A srta. Corrigan está doente — disse eu.

— O quê?

— Isso mesmo, ela está doente. O médico disse que talvez seja gripe. Pode ser que sim, mas pode ser que não. Não sei o que podemos fazer. Só me passa pela cabeça conseguir algum tipo de especialista.

— Que tipo de especialista?

— Um psiquiatra, psicanalista, psicólogo, psico qualquer coisa! Alguém que entenda de autossugestão, hipnose, lavagem cerebral... Existe gente que trabalha com isso?

— Sim, com certeza. Há um ou dois especialistas. Acho que você está certíssimo. Pode ser gripe, mas também pode ser uma doença psicológica da qual pouco se sabe. Meu Deus, Easterbrook, talvez seja isso o que esperávamos!

Coloquei o fone no gancho. Talvez estivéssemos descobrindo algo sobre armas psicológicas, mas naquele momento minha única preocupação era Ginger, valente e assustada. Nós dois não acreditávamos... ou será que acreditávamos? Não, é claro que não. Para nós era tudo uma brincadeira de polícia e ladrão. Mas agora a brincadeira ficara séria demais.

O Cavalo Amarelo começava a dar sinais de que era verdadeiro.

Segurei a cabeça com as mãos e lamentei.

Capítulo 21

Narrativa de Mark Easterbrook

I

Duvido que consiga me esquecer dos acontecimentos dos dias posteriores. Tenho a sensação de que tudo não passou de um caleidoscópio confuso, sem sequência ou forma. Ginger foi levada para uma clínica particular, e eu só podia vê-la nos horários de visita.

O médico dela agiu com arrogância diante da situação toda. Ele não conseguia entender o estardalhaço que fizemos. O diagnóstico dele era claro: gripe seguida de broncopneumonia e complicações por conta de sintomas não tão comuns, mas que, segundo ele, "volta e meia aconteciam. Não há caso 'típico'. Além disso, algumas pessoas não reagem a antibióticos".

Mas tudo o que ele dizia era verdade. Ginger estava com broncopneumonia, não havia nada de misterioso nisso. Só que ela estava mal.

Conversei com um psicólogo. Ele parecia um passarinho, apoiando o corpo para cima e para baixo na ponta dos pés e com os olhos brilhando por trás das lentes grossas.

Ele me fez diversas perguntas. Metade delas eu não entendi, embora tivessem um propósito, pois ele anuía com a cabeça quando eu respondia. Agiu sabiamente não querendo se comprometer e fez alguns comentários pontuais no que acredito ser o jargão da área. Tentou algumas formas de hipnose em Ginger, mas parecia consenso geral o fato de que ninguém me diria muita coisa. Talvez porque nada houvesse a ser dito.

Evitei amigos e conhecidos, por mais que minha solidão fosse insuportável.

Por fim, no auge do desespero, liguei para a floricultura e convidei Poppy para jantar. Ela adorou a ideia.

Levei-a ao Fantasie. Poppy tagarelou alegre e feliz, e achei a companhia dela bem agradável. Mas eu não a havia convidado por isso. Após deixá-la mais à vontade por conta da comida e, principalmente, da bebida, comecei uma sondagem cuidadosa. Era possível que Poppy soubesse de alguma coisa sem ter plena consciência do que sabia. Perguntei se ela se lembrava da minha amiga Ginger. "É claro", disse ela, abrindo seus grandes olhos azuis e perguntando o que ela estava fazendo atualmente.

– Ela está muito doente – disse eu.

– Que pena! – disse Poppy, passando uma impressão não muito preocupada.

– Ela se envolveu numa baita confusão – disse eu. – Acho que ela pediu seu conselho sobre o assunto, o Cavalo Amarelo. Pagou uma fortuna.

– Ah! – exclamou Poppy, de olhos arregalados. – Então foi *você*!

Fiquei um momento sem entender. Depois ficou claro que Poppy me identificou como o "homem" cuja esposa inválida era um obstáculo à felicidade de Ginger. Ela ficou tão entusiasmada pela revelação de nossa vida amorosa que quase não se alarmou com a revelação do Cavalo Amarelo.

Ela respirou fundo, entusiasmada.

– Funcionou?

– Alguma coisa deu errado – disse eu. – O tiro saiu pela culatra.

– Que tiro? – perguntou Poppy, desorientada.

Percebi que o uso de metáforas não era o mais indicado em uma conversa com Poppy.

— Parece que o efeito voltou-se contra Ginger. Você já viu isso acontecer alguma vez?

Não, ela nunca tinha visto.

— É claro que você sabe o que eles fazem no Cavalo Amarelo, em Much Deeping, não sabe?

— Eu não sabia onde era, só sabia que era no campo.

— Ginger não me disse muito bem o que é feito lá... Esperei cuidadosamente.

— São raios, não é? – disse Poppy, de maneira vaga.
– Algo assim. Raios do espaço cósmico. Como os russos!

Concluí que agora Poppy valia-se da sua limitada imaginação.

— Alguma coisa assim – concordei. – Mas para Ginger ter ficado doente desse jeito deve ser algo muito perigoso.

— Mas era para a sua mulher adoecer e morrer, não era?

— Sim – respondi, aceitando o papel que Ginger e Poppy imputaram a mim. – Mas parece que o feitiço virou contra o feiticeiro.

— Você quer dizer que... – Poppy fez um intenso esforço mental. – Como quando tomamos um choque em um fio desencapado?

— Exatamente – disse eu. – Isso mesmo. Você sabe se isso já aconteceu antes?

— Bem, não exatamente assim...

— Como, então?

— Bom, quando a pessoa não paga depois do serviço. Aconteceu com um conhecido meu. – A voz dela baixou para um tom mais carregado. – Ele morreu no metrô. Caiu da plataforma na frente do trem.

— Deve ter sido um acidente.

— Não! – disse Poppy, chocada com meu palpite. – Foram ELES.

Coloquei mais champanhe na taça de Poppy. Diante de mim estava alguém que podia ser útil caso eu conseguisse arrancar dela os fatos dissociados que flutuavam no que ela chamava de cérebro. Ela ouvia falar algumas coisas, assimilava metade delas, misturava tudo e ninguém se precavia ao falar as coisas perto dela porque, afinal, tratava-se da Poppy.

Foi terrível perceber que eu não sabia o que perguntar. Se eu dissesse uma coisa errada, ela se fecharia como um túmulo e se faria de desentendida.

– Minha esposa – disse eu – continua inválida e não sofreu mal algum.

– Que pena – disse Poppy, compassiva, bebericando champanhe.

– O que devo fazer agora?

Acho que ela não sabia.

– Veja bem, foi Ginger quem cuidou de tudo. Existe alguém a quem eu possa recorrer?

– Há um lugar em Birmingham – disse Poppy, em dúvida.

– Esse lugar já fechou – disse eu. – Você conhece mais alguém que possa saber de alguma coisa?

– Talvez Eileen Brandon, mas não tenho certeza.

A inclusão de um nome totalmente novo na história me surpreendeu. Perguntei quem era Eileen Brandon.

– Ela é terrível – disse Poppy. – Uma tola. Faz permanente no cabelo e *nunca* usa salto. Ela é o fim. – Para explicar um pouco mais, ela acrescentou: – Estudamos juntas, mas ela era tola demais. Mas sabia muito de geografia.

– E o que ela tem a ver com o Cavalo Amarelo?

– Na verdade, nada. Foi só uma ideia que ela teve, e depois pediu demissão.

– Pediu demissão de onde? – perguntei, confuso.

– Do emprego que tinha no R.C.C.

– Que R.C.C.?

— Não sei com certeza, a sigla é R.C.C. Tem algo a ver com consumo, reação ou pesquisa de consumidores. Algo pequeno.

— E Eileen Brandon trabalhava para eles? O que ela fazia?

— Perguntava para as pessoas que marcas usavam de pasta de dente, fogão a gás ou esponjas. Um trabalho deprimente e desinteressante, afinal, quem se importa com isso?

— Supostamente, o R.C.C. – senti uma leve pontada de entusiasmo.

Foi uma funcionária de uma associação dessas que recebeu a visita do padre Gorman na noite do crime. E, é claro, alguém que trabalha com isso ligou para Ginger no flat...

Havia uma ligação aí.

— Por que ela pediu demissão? Ela estava entediada?

— Acho que não. Eles pagavam bem. Acho que ela viu que o trabalho não era bem o que ela pensava.

— Ela imaginou que o trabalho tivesse alguma conexão com o Cavalo Amarelo? Foi isso?

— Não sei. Alguma coisa assim... De qualquer modo, ela trabalha em uma cafeteria na estrada de Tottenham Court.

— Me passe o endereço.

— Ela não faz seu tipo.

— Não quero sair com ela – disse eu, com brutalidade. – Eu quero informações sobre pesquisa de consumidores. Estou querendo comprar umas ações nesse tipo de negócio.

— Ah, entendi – disse Poppy, satisfeita com minha explicação.

Nada mais havia para arrancar dela, então, depois que terminamos o champanhe, eu a levei em casa e a agradeci pela noite adorável.

II

Tentei telefonar para Lejeune na manhã seguinte, mas não tive sucesso. No entanto, acabei conseguindo falar com Jim Corrigan.

– E aquele psicólogo espertinho que você me indicou, Corrigan? O que ele disse sobre Ginger?

– Várias coisas. Mas acredito, Mark, que ele esteja muito confuso. E você sabe, pneumonia é uma doença comum. Não há mistério nisso.

– Sim – disse eu. – E várias pessoas que conhecemos, cujos nomes estavam naquela lista, morreram de broncopneumonia, gastroenterite, paralisia bulbar, tumor no cérebro, epilepsia, febre paratifoide e outras doenças bastante conhecidas.

– Eu sei como você se sente... Mas o que posso fazer?

– Ela piorou, não é?

– Bem... sim...

– Então *precisamos* fazer alguma coisa.

– Mas o quê?

– Tenho algumas ideias. Podemos ir a Much Deeping, procurar Thyrza e forçá-la, ameaçando acabar com ela, a reverter o feitiço, ou o que quer que seja...

– É... talvez dê certo.

– Ou eu posso procurar Venables...

Corrigan disse rapidamente:

– Venables? Mas nós o descartamos. Como seria possível ele ter ligação com isso? Ele é paralítico.

– Imagino. Eu posso ir até lá e arrancar aquela manta que ele usa para cobrir as pernas e ver se a paralisia é verdadeira ou falsa.

– Mas já examinamos isso e...

– Espere. Eu conversei com aquele farmacêutico, Osborne, em Much Deeping. Deixe-me contar para você o que ele me disse.

Contei a teoria de Osborne sobre a falsa identidade de Venables.

– Mas esse sujeito está obcecado – disse Corrigan. – É do tipo que não admite estar errado.

– Mas diga-me, Corrigan, não é possível que ele esteja certo?

Após uma pausa, Corrigan disse, calmamente:

– Sim. Preciso admitir que é *possível*... mas isso implicaria em várias pessoas envolvidas, e ele teria de pagar muito caro para tê-las do seu lado.

– E qual o problema? Ele nada no dinheiro, não é mesmo? Lejeune descobriu de onde vem tanto dinheiro?

– Não, não exatamente... Devo reconhecer que há algo de estranho com aquele sujeito. Ele tem um passado obscuro. Todo o dinheiro foi muito bem contabilizado, mas para checar tudo precisaríamos de anos de investigação. A polícia já fez isso antes, quando buscava provas contra um vigarista que cobria seus atos por meio de uma complexa rede. O setor do governo responsável pelos impostos está no encalço de Venables há algum tempo. Mas ele é esperto. Você acha que ele é o mandante?

– Sim, acho que ele planeja tudo.

– Talvez. Ele parece ter inteligência o suficiente para isso. Mas não acho que ele mesmo seria capaz de fazer algo tão cruel como matar o padre Gorman.

– Ele faria se a urgência fosse grande. O padre Gorman precisava ser silenciado antes que passasse adiante o que soube a respeito das atividades do Cavalo Amarelo. Além disso...

Parei de repente.

– Ei? Tem alguém aí?

– Sim, eu estava pensando... Foi só uma ideia que me passou pela cabeça.

– O que foi?

– Ainda não está muito claro... Acho que só há uma maneira de obter a verdadeira segurança. Preciso pensar melhor e, além disso, está na minha hora. Tenho um encontro em uma cafeteria.

– Não sabia que frequentava as cafeterias de Chelsea.

– Não frequento. Por sinal, a cafeteria aonde vou fica na estrada de Tottenham Court.

Desliguei o telefone e olhei o relógio.

Estava passando pela porta quando o telefone tocou.

Hesitei em atender. Provavelmente era Jim Corrigan, ligando de volta para saber mais sobre a ideia que tive. Eu não queria falar com ele de novo.

Fui saindo pela porta enquanto o telefone tocava insistentemente.

É claro, podia ser do hospital... Ginger...

Eu não podia arriscar. Atravessei a sala correndo e arranquei o fone do gancho.

– Alô?

– Alô, Mark, é você?

– Sim, quem é?

– Sou eu, é claro – disse a voz, em reprovação. – Ouça, preciso lhe dizer uma coisa.

– Ah, é você! – disse eu, reconhecendo a voz da sra. Oliver. – Eu estou com muita pressa, preciso sair. Ligo para você mais tarde.

– Não, não – disse a sra. Oliver, decisiva. – É importante, você precisa me escutar agora.

– Tudo bem, mas fale rápido... tenho um encontro.

– Ora! – disse a sra. Oliver. – Todo mundo se atrasa para os encontros, só aumenta a expectativa.

– É que eu realmente...

– Escute, Mark. É importante. Tenho certeza de que é importante, tem de ser!

Contive minha impaciência o máximo que pude, olhando para o relógio.

— E então?
— Milly, minha empregada, está com amigdalite. Ela estava péssima e foi para a casa da irmã, no interior...

Cerrei os dentes.

— Sinto muitíssimo, mas eu realmente...
— Escute. Ainda nem comecei. Onde eu estava mesmo? Ah, sim. Milly foi para o interior e eu liguei para uma agência que costumo procurar, a Regência. Sempre achei esse nome ridículo, como o nome de alguns cinemas...
— Eu realmente preciso...
— E pedi para me enviarem alguém. Eles disseram o de sempre, que seria muito difícil nesse momento, mas que fariam o possível...

Nunca tinha visto minha amiga Ariadne Oliver tão exasperada.

— ... daí hoje de manhã chegou uma mulher aqui, e adivinhe quem era?
— Não faço a menor ideia. Veja só...
— Uma mulher chamada Edith Binns. Nome engraçado, não é? E *você* a conhece.
— Não, não conheço nenhuma Edith Binns.
— Mas você a conhece e a viu há pouquíssimo tempo. Ela trabalhou com a sua madrinha, lady Hesketh-Dubois.
— Ah, sim!
— Então, ela o viu quando você foi pegar os quadros.
— Olha, a conversa está ótima e espero que corra tudo bem com ela na sua casa. Ela parece muito confiável, honesta e tudo mais. Tia Min dizia isso. Mas agora eu realmente...
— Quer fazer o favor de esperar? Ainda não terminei. Ela se sentou e falou várias coisas sobre lady Hesketh-Dubois, sobre a doença dela, esse tipo de coisa, as empregadas adoram falar de doença e morte.
— O que ela disse?

– Me chamou a atenção ela ter dito mais ou menos assim: "Pobrezinha, sofreu tanto. Dizem que aquela coisa horrorosa cresceu no cérebro dela, e ela estava muito saudável antes disso. Fiquei com muita pena de vê-la internada na clínica e de ver todo aquele lindo cabelo branco, que ela tonalizava de quinze em quinze dias, caindo inteirinho no travesseiro. Caía aos montes". Daí, Mark, eu me lembrei de Mary Delafontaine, minha amiga. *O cabelo dela caiu.* E me lembrei de que você me disse ter visto certa vez duas moças brigando em Chelsea, e que uma delas arrancou um tufo de cabelo da outra. Cabelo não sai com tanta facilidade assim, Mark. Tente arrancar pela raiz um pouco do seu cabelo para você ver. Não é natural, Mark, que todas essas pessoas percam cabelo pela raiz. Não é natural. Deve ser uma doença nova, acho que isso quer dizer *alguma coisa.*

Segurei firme o telefone e minha cabeça começou a girar. De repente, vários pedaços de informação começaram a se juntar. Rhoda e os cães no jardim, um artigo que li em uma revista de medicina em Nova York... é claro! Mas é claro!

Me dei conta de que a sra. Oliver ainda tagarelava alegremente.

– Deus a abençoe – eu disse. – A senhora é maravilhosa!

Coloquei o telefone do gancho e o retirei novamente. Disquei e dessa vez tive a sorte de ser atendido por Lejeune do outro lado da linha.

– Ouça – disse eu. – Ginger está perdendo tufos de cabelo?

– Sim, acredito que sim. Suponho que seja a febre.

– Febre uma ova – disse eu. – Tanto Ginger quanto todas as outras pessoas foram envenenadas com tálio. Deus, faça com que ainda dê tempo...

Capítulo 22

Narrativa de Mark Easterbrook

I

— Ainda temos tempo? Ela vai sobreviver?

Eu sentava e levantava o tempo inteiro. Não conseguia ficar quieto.

Lejeune estava sentado, observando-me. Ele era paciente e gentil.

— Estamos fazendo tudo o que é possível.

A mesma velha resposta, que não serviu para me consolar.

— Você sabe como tratar envenenamento por tálio?

— Não é muito comum. Mas tentaremos o possível. Ela vai se recuperar.

Olhei para ele. Não consegui ter certeza de que ele acreditava no que dizia. Será que estava tentando me reconfortar?

— De qualquer modo, já foi verificado que é mesmo tálio.

— Sim, eles já confirmaram isso.

— Eis a verdade por trás do Cavalo Amarelo. Veneno. Nada de bruxaria, hipnose ou raios mortais, mas simplesmente envenenamento! E ela esfregou essas coisas na minha cara, maldita! Deve ter rido de mim o tempo inteiro.

— De quem você está falando?

— Thyrza Grey. Na primeira vez em que fui tomar chá na casa dela, ela falou sobre a família Bórgias e suas "poções raras que não deixam vestígios", e tudo o mais. "Arsênico branco comum", disse ela. Simples assim.

Toda aquela encenação, o transe, os galos brancos, o braseiro, os pentagramas, o vodu e o crucifixo invertido, tudo para alimentar a superstição nua e crua. E a caixa era apenas um elemento a mais para tapear a mente contemporânea. Hoje não acreditamos tanto em espíritos, bruxas e feitiços, mas somos bastante crédulos quando se trata de "raio", "ondas" e fenômenos psicológicos. Aposto que nada tem naquela caixa além de lâmpadas coloridas e válvulas barulhentas. Afinal, convivemos com o medo de um vazamento radioativo e tudo o mais que pudermos ser suscetíveis ao discurso científico. O Cavalo Amarelo era uma farsa, um pretexto para distrair a atenção do que realmente importava. O fascinante estava no fato de tudo ser muito seguro para elas. Thyrza Grey podia ostentar os poderes ocultos que detinha e controlava. Jamais seria levada ao tribunal por assassinato e a caixa seria considerada inofensiva em uma inspeção. A justiça diria que tudo não passava de um absurdo impossível, é claro, pois tudo não passava disso mesmo.

– Você acha que as três estão de fato envolvidas? – perguntou Lejeune.

– Eu não diria isso. Acho que a crença de Bella na bruxaria é genuína. Ela acredita nos próprios poderes e se regozija com eles. O mesmo vale para Sybil. Ela tem o dom genuíno da mediunidade, entra em transe e parece não saber o que acontece. Ela acredita em tudo o que Thyrza diz.

– Então Thyrza é quem comanda as outras?

Eu disse calmamente:

– No que se refere ao Cavalo Amarelo, sim. Mas ela não é o *cérebro* da organização. O verdadeiro cérebro trabalha nos bastidores. Ele planeja e organiza. É tudo lindamente concatenado, entende? Cada um tem a sua função e não interfere no trabalho do outro. Bradley cuida do lado financeiro e legal. Ele não sabe o que acontece além disso. E é pago tão generosamente quanto Thyrza, é claro.

— Parece que você conhece muito bem o esquema — disse Lejeune, em um tom seco.

— Não, ainda não. Mas sabemos o básico. É o que acontece há séculos, pura e simplesmente envenenamento. A velha fórmula da morte com veneno.

— O que te fez pensar em tálio?

— De repente, várias coisas se juntaram. Tudo começou quando vi aquela cena em Chelsea: os cabelos de uma moça sendo arrancados por outra moça. E ela disse: "Nem doeu!". Não imaginei que fosse presunção, era um fato. Não doeu mesmo.

"Li um artigo sobre envenenamento com tálio quando estive nos Estados Unidos. Vários trabalhadores de uma fábrica morreram, um após o outro. E as mortes foram registradas como tendo várias causas. Lembro-me perfeitamente de que entre elas havia febre paratifoide, apoplexia, neuropatia alcóolica, paralisia bulbar, epilepsia, gastroenterite etc. Depois houve o caso de uma mulher que envenenou várias pessoas. Os diagnósticos incluíam tumor cerebral, encefalite e pneumonia lobar. Acho que os sintomas variam bastante, e começam com diarreia e vômito, ou há um estágio de intoxicação, quando a vítima tem dores no corpo, depois é diagnosticada com polineurite, febre reumática ou pólio... um dos pacientes recebeu um respirador artificial. Às vezes há pigmentação da pele."

— Você fala com a autoridade de um médico!

— Claro, andei pesquisando bastante. Mas apesar desses variados sintomas e diagnósticos, há algo que sempre acontece, mais cedo ou mais tarde: *queda de cabelo*. O tálio já foi usado para depilação durante uma época, principalmente em crianças com infecções cutâneas. Depois, descobriu-se que era perigoso. Mas costuma ser usado como medicamento, em doses mínimas, calculadas de acordo com o peso do paciente, e hoje é principalmente usado como veneno de ratos. É insípido, solúvel e fácil de comprar. Veja como é difícil de levantar suspeitas.

Lejeune anuiu com a cabeça.

– Exatamente – disse ele. – Daí a insistência do Cavalo Amarelo em manter o assassino distante da vítima. Ninguém suspeitaria de um delito, pois a parte interessada não tinha acesso à bebida ou à comida da vítima. Não haveria registro de compra de tálio ou de outro veneno. Eis a perfeição da organização. O trabalho sujo é feito por alguém que não tem conexão alguma com a vítima. Alguém, acredito, que aparecia só de vez em quando.

Ele fez uma pausa.

– Tem ideia de quem seja?

– Tenho uma suspeita. Há um fator comum que parece fazer parte de todos os casos: uma mulher aparentemente inofensiva aparece com um questionário, fazendo uma pesquisa doméstica.

– Você acha que essa mulher é quem deixa o veneno para a vítima? Como amostra de um produto?

– Não acho que seja tão simples – disse eu calmamente. – Suspeito de que a mulher seja de boa índole, mas, de alguma maneira, esteja envolvida. Acho que conseguiremos descobrir algo se conversarmos com uma mulher chamada Eileen Brandon, que trabalha em uma cafeteria na estrada de Tottenham Court.

II

Eileen Brandon foi descrita com precisão por Poppy, embora ela tenha se deixado levar pelo próprio ponto de vista. O cabelo de Eileen não parecia um crisântemo, nem um ninho de passarinhos desgrenhado. Ela tinha os cabelos pretos e ondulados, usava o mínimo de maquiagem e sapatos comuns, baixos. Ela nos contou que o marido dela morrera em um acidente de carro e a deixara com dois filhos pequenos. Antes de trabalhar na cafeteria, ela havia trabalhado durante um ano numa empresa chamada Reações Classificadas dos Clientes. Ela pediu demissão porque não gostava muito do que fazia.

— Por que não gostava do trabalho, sra. Brandon? Lejeune fez a pergunta. Ela olhou para ele.

— O senhor é inspetor da polícia, não é mesmo?

— Exatamente, sra. Brandon.

— E acha que há alguma coisa errada com a empresa?

— Estamos investigando. A senhora suspeita de algo? Foi por isso que pediu demissão?

— Não posso afirmar nada com precisão, nada mesmo.

— Entendemos, naturalmente. Essa investigação é confidencial.

— Entendo. Mas realmente não posso dizer muito.

— A senhora pode nos dizer por que quis pedir demissão.

— Comecei a desconfiar de que aconteciam coisas na empresa que eu não sabia.

— A senhora quer dizer que a pesquisa não era verdadeira?

— Mais ou menos isso. Tive a sensação de que não era um negócio real e suspeitei de que, por trás das pesquisas, havia outro objetivo. Mas ainda não sei que objetivo era esse.

Lejeune perguntou que tipo de trabalho ela fazia exatamente. Ela recebia uma lista com o nome de algumas pessoas na vizinhança, e sua função era visitá-las, fazer determinadas perguntas e anotar as respostas.

— E por que achou que havia algo de errado nisso?
— Porque as perguntas não pareciam seguir uma linha específica de pesquisa. Pareciam despropositadas e aleatórias. Como se fosse um disfarce para algo mais.
— E você tem ideia do que poderia ser esse algo mais?
— Não. Isso é o que me deixou confusa.

Ela fez uma pequena pausa, e disse, em dúvida:
— Certa vez fiquei me perguntando se tudo não passava de uma organização cujos objetivos fossem assaltos, ou a coleta de informações prévias, por assim dizer. Mas acho que não era o caso, pois nunca me pediram para descrever em detalhes como eram os cômodos ou as portas e janelas etc., nem pediam informações de quando os moradores estariam fora de casa.

— Que tipo de produtos eram abordados nas perguntas?
— Variava. Ia de produtos alimentícios, como cereais, misturas para bolo, até barra de sabão e detergente. Também havia perguntas sobre cosméticos, cremes faciais, batom etc. Podia ser também sobre remédios e medicamentos, marcas de analgésicos, pastilha para tosse, tranquilizantes, estimulantes, gargarejos, antissépticos bucais, remédio para indigestão etc.

— Alguma vez lhe pediram para levar amostras desses produtos? – perguntou Lejeune, em um tom informal.
— Não, nunca me pediram.
— Você só fazia perguntas e anotava as respostas?
— Sim.
— E qual era a finalidade dessas pesquisas?
— Isso é o que parecia estranho. Nunca soubemos exatamente. Supostamente, as pesquisas repassavam informações para fábricas, mas para mim era uma forma muito amadora de se fazer isso. Nada era sistemático.
— Você acha possível que, entre as perguntas que fazia, houvesse uma ou algumas delas que fossem o

verdadeiro objetivo da empresa, e que as outras eram usadas para disfarçar?

Ela pensou na pergunta, franziu a testa e anuiu com a cabeça.

– Sim – disse ela. – Isso explicaria a escolha aleatória, mas não faço a menor ideia de quais perguntas eram as importantes.

Lejeune olhou diretamente para ela.

– Deve haver mais alguma coisa que a senhora não nos contou – disse ele, gentilmente.

– Essa é a grande questão! Eu senti que havia algo errado com a organização como um todo. Então conversei com outra mulher, a sra. Davis...

– A senhora conversou com a sra. Davis? E então?

A voz de Lejeune continuava praticamente inalterada.

– Ela também não estava nada feliz.

– E por quê?

– Ela ouviu alguma coisa sem querer.

– O que ela ouviu?

– Eu disse que não poderia ser muito precisa. Ela não contou com detalhes, mas disse que, pelo que tinha escutado, a organização era uma espécie de fraude. "Não é o que parece ser", foi o que ela me disse. Depois acrescentou: "Tudo bem, mas isso não tem nada a ver conosco. Eles pagam bem e não pedem para fazermos nada contra a lei, então acho que não devemos nos preocupar com isso".

– E foi só isso?

– Não sei o que ela quis dizer, mas ela também falou que às vezes se sentia uma Maria Tifoide. Na época, não entendi o que quis dizer.

Lejeune tirou um pedaço de papel do bolso e entregou para ela.

— Por acaso você se lembra de algum nome dessa lista?

— Acho difícil eu me lembrar... — ela pegou o papel. — Conheci tantas pessoas... — Ela fez uma pausa enquanto olhava a lista, e disse:

— Ormerod.

— Você se lembra de Ormerod?

— Não. Mas a sra. Davis o mencionou uma vez. Ele morreu de repente, não é? Hemorragia cerebral. Ela ficou muito chateada, e disse para mim: "Ele estava na minha lista há quinze dias. Parecia com ótima disposição". Foi depois disso que ela fez o comentário sobre Maria Tifoide. Ela disse: "Parece que todas as pessoas que visito morrem simplesmente depois de olhar pra mim!". Em seguida ela riu e disse que era coincidência. Ela não parecia gostar muito. Apesar disso, disse que não ia se preocupar.

— Só isso?

— Bem...

— Diga.

— Foi algum tempo depois. Eu não a via já há algum tempo. Um dia, nos encontramos em um restaurante no Soho. Eu disse a ela que tinha saído da R.C.C. e arrumado outro emprego. Ela me perguntou o motivo da saída e eu disse que estava incomodada, sem saber o que estava acontecendo. Foi então que ela me disse: "Você foi sábia. Mas eles pagam bem por poucas horas de trabalho. E, afinal de contas, a gente precisa arriscar nessa vida. Eu nunca fui uma mulher de sorte e por que deveria me importar com o que acontece com as outras pessoas?". Então eu disse: "Não entendo do que está falando. O que há de errado na empresa?". Ela disse: "Não sei ao certo, mas outro dia reconheci uma pessoa saindo de uma casa com uma caixa de ferramentas. Adoraria saber o que ele fazia por lá". Ela também me perguntou se eu já tinha cruzado com uma mulher que dirigia um pub chamado Cavalo Amarelo. Eu perguntei o que o Cavalo Amarelo tinha a ver com a história.

– E o que ela disse?

– Ela riu e disse: "Leia a Bíblia". Não tenho ideia do que ela quis dizer. Essa foi a última vez que a vi. Não sei onde ela está agora, se continua trabalhando na R.C.C. ou se já saiu de lá.

– A sra. Davis morreu – disse Lejeune.

Eileen Brandon pareceu assustada.

– Morreu? Mas... como?

– Pneumonia, há dois meses.

– Ah, entendo. Que pena.

– Há algo mais que a senhora possa nos dizer, sra. Brandon?

– Acho que não. Já ouvi outras pessoas mencionarem esse lugar, o Cavalo Amarelo, mas quando perguntamos do que se trata, elas se calam imediatamente. Parecem assustadas, sabe?

Parecia que ela estava incomodada.

– Eu não quero me envolver em nada que seja perigoso, inspetor Lejeune. Tenho duas crianças pequenas. Honestamente, não sei mais o que pode lhe ser útil.

Ele olhou diretamente para ela, anuiu com a cabeça e se despediu.

– Isso nos leva um pouco mais além – disse Lejeune, depois que Eileen Brandon foi embora. – A sra. Davis sabia demais. Tentou fechar os olhos para o significado do que estava acontecendo, mas deve ter suspeitado muito do negócio. De repente, adoeceu, e quando estava morrendo, pediu a visita de um padre e contou a ele do que suspeitava. A pergunta é: será que ela sabia demais? Aquela lista, suponho, tinha o nome das pessoas que ela visitou durante o trabalho e que depois morreram. Por isso o comentário sobre a Maria Tifoide. A verdadeira questão é: quem ela "reconheceu" saindo de uma casa sem motivo aparente, fingindo ser um trabalhador qualquer? Essa deve ter sido a informação que a colocou em perigo. Se ela o reconheceu, ele também deve tê-la reconhecido, e provavelmente ele percebeu que *ela* o reconheceu. Se ela deu essa informação específica ao padre Gorman, era crucial que o padre fosse aniquilado de uma vez antes de passar a informação adiante.

Ele olhou para mim.

– Você concorda, não é mesmo? Acho que foi exatamente isso o que aconteceu.

– Sim – respondi. – Concordo.

– E você tem alguma ideia de quem seja esse homem?

– Tenho uma suspeita, mas...

– Eu sei. Não temos prova de nada.

Ele ficou em silêncio por um momento, e se levantou.

– Mas nós o pegaremos – disse ele. – Não tem erro. Depois que descobrirmos quem é, teremos como pegá-lo. Tentaremos todas as possibilidades.

Capítulo 23

Narrativa de Mark Easterbrook

Mais ou menos três semanas depois, um carro parou na porta de entrada de Priors Court.

Quatro homens saíram do carro. Eu era um deles. Junto comigo estavam o inspetor Lejeune e o sargento Lee. O quarto homem era o sr. Osborne, que mal conseguia conter a satisfação e empolgação em participar do negócio.

— Você entendeu, não é? Fique de bico calado — disse Lejeune para o sr. Osborne.

— Sim, entendi, inspetor. Pode confiar em mim. Não vou abrir a boca.

— Tome cuidado.

— Para mim, é um grande privilégio, embora eu não entenda muito bem...

Mas ninguém tinha entrado em detalhes naquele momento.

Lejeune tocou a campainha e perguntou pelo sr. Venables.

Como uma comitiva, nós quatro fomos levados para dentro da casa.

Se Venables estava surpreso com a nossa visita, ele não demonstrou. Seu modo de agir foi extremamente cortês. Enquanto ele movimentava a cadeira um pouco para trás para ampliar o círculo ao seu redor, pensei mais uma vez como sua aparência era inconfundível. O pomo de adão subindo e descendo no meio do colarinho, o perfil acentuado, com um nariz curvado feito ave de rapina.

— Que bom vê-lo mais uma vez, Easterbrook. Parece que você tem passado bastante tempo nessa região.

Havia um tom de malícia na voz dele. Em seguida, voltou a falar:

– E o senhor é o inspetor Lejeune, não é mesmo? Devo confessar que isso aguça minha curiosidade. Essa região é tão pacífica, tão livre de crimes. E mesmo assim recebo uma ligação do inspetor! Em que posso lhe ajudar?

Lejeune estava muito tranquilo e foi delicado:

– Acredito que o senhor possa nos ajudar em uma investigação, sr. Venables.

– Imaginei que pudesse ser isso mesmo. Então, como posso ajudar?

– No dia 7 de outubro, um padre chamado Gorman foi assassinado na rua West, em Paddington. Soube que o senhor esteve naquela região no mesmo dia, entre 19h45 e 20h15 da noite, e quero saber se o senhor viu algo que possa ter a ver com o caso.

– Eu estava mesmo naquela região? Acho que não, tenho minhas dúvidas quanto a isso. Pelo que me lembro, nunca passei nessa região de Londres. E, se não me falha a memória, eu sequer estava em Londres nessa época. Vou a Londres só de vez em quando para visitar alguma liquidação, e também para fazer meus exames de rotina.

– Acredito que o senhor se consulte com sir. William Dugdale, da rua Harley.

O sr. Venables olhou para ele friamente.

– O senhor está muito bem informado, inspetor.

– Não tão bem quanto gostaria. De qualquer modo, estou decepcionado porque o senhor não pode me ajudar da forma que eu gostaria. Mas sinto-me na obrigação de explicar-lhe os fatos ligados à morte do padre Gorman.

– Certamente, se assim quiser. Nunca ouvi falar desse nome.

– O padre Gorman foi chamado naquela noite enevoada para visitar uma mulher na vizinhança, que estava prestes a morrer. Ela estava envolvida com uma organização criminosa, num primeiro momento sem saber, mas após certos acontecimentos ela começou a suspeitar da questão. Trata-se de uma organização especializada na eliminação de pessoas indesejadas, e por um pagamento bastante considerável, obviamente.

– Isso não é novidade – murmurou Venables. – Nos Estados Unidos...

– Ah, mas há algumas novidades nessa organização em especial. Para começar, as mortes eram provocadas aparentemente por meios psicológicos. O "desejo de morte", que supostamente faz parte de todo ser humano, seria estimulado...

– De modo que a vítima obedientemente cometesse suicídio? Parece muito bom para ser verdade, inspetor, se é que posso falar isso.

– Não suicídio, sr. Venables. A pessoa em questão morre de causas perfeitamente naturais.

– Ah, mas o que é isso? O senhor acredita mesmo nisso? É uma atitude bastante atípica da nossa força policial, tão obstinada e realista.

– Parece que o centro de operações dessa organização é um lugar chamado Cavalo Amarelo.

– Ah, *agora sim* começo a entender. Então é isso que o traz a essa agradável área rural, minha amiga Thyrza Grey e seus disparates! Jamais saberei se ela acredita ou não naquilo tudo. Mas é um verdadeiro disparate. Ela tem uma amiga médium e uma cozinheira, a feiticeira local (para mim, é muita coragem comer o que ela oferece, vai que tenha cicuta?). E as três senhoras ganharam uma reputação e tanto. Nada muito apropriado, é claro, mas não me diga que a Scotland Yard, ou seja lá de onde vocês são, leva isso tudo a sério?

– Na verdade, levamos muito a sério, sr. Venables.

– O senhor realmente acredita que Thyrza profere feitiços, que Sybil entra em transe e que Bella faz magia negra, e que o resultado seja a morte de outra pessoa?

— Não, não, sr. Venables, a causa da morte é muito mais simples do que isso. — Ele silenciou por um momento. — As pessoas morrem envenenadas por tálio.

Houve uma breve pausa...

— *O que* o senhor disse?

— Envenenamento... por sais de tálio. De maneira simples e direta. Só que o envenenamento precisava ser encoberto, e a melhor maneira de fazer isso seria por meio de uma organização espiritualista e pseudocientífica, com um jargão moderno e reforçado por velhas superstições. Algo maquinado para distrair a atenção do simples fato da administração do veneno.

— Tálio — disse o sr. Venables, franzindo a testa. — Acho que nunca ouvi falar disso.

— Não? É muito usado em veneno de rato e costumava ser usado para depilação em crianças com infecções cutâneas. Pode ser comprado facilmente. A propósito, há um pacotinho guardado na estufa.

— Na *estufa*? Improvável.

— Está lá, sim. Já pegamos inclusive uma amostra.

De repente, Venables ficou levemente agitado.

— Alguém deve ter colocado isso lá. Não sei nada sobre isso, absolutamente nada!

— Será mesmo? O senhor é um homem rico, não é, sr. Venables?

— E o que isso tem a ver com a conversa?

— Acredito que o Imposto de Renda andou fazendo algumas perguntas embaraçosas, não é? Em relação à sua fonte de renda, quero dizer.

— O mal de se viver na Inglaterra, sem dúvida, é o nosso sistema de impostos. Tenho pensado seriamente em me mudar para Bermudas.

— Não acho que o senhor irá para Bermudas tão cedo, sr. Venables.

— Isso é uma ameaça, inspetor? Por que se for...

— Não, não, sr. Venables. É só modo de dizer. O senhor quer saber como funcionava toda essa operação fraudulenta?

— Com toda certeza.

— É algo muito bem organizado. Os detalhes financeiros são resolvidos por um advogado proibido de exercer suas funções, o sr. Bradley. Ele tem um escritório em Birmingham. Os possíveis clientes o procuram lá e fecham um negócio. Quer dizer, é feita uma aposta de que alguém morrerá em um determinado período de tempo... o sr. Bradley, que é aficionado por apostas, geralmente é pessimista no seu prognóstico. O cliente geralmente tem mais esperanças. Quando o sr. Bradley ganha a aposta, o dinheiro deve ser pago imediatamente... do contrário, é provável que aconteça algo muito desagradável. O sr. Bradley só faz isso: uma aposta. Simples, não é?

"Depois disso, o cliente visita o Cavalo Amarelo. A srta. Thyrza Grey monta um espetáculo junto com as amigas, o que geralmente deixa a pessoa impressionada, exatamente como o planejado.

"Vejamos agora o que realmente acontece nos bastidores.

"As funcionárias dessas empresas de pesquisa do consumidor que existem por aí recebem as instruções para percorrer determinada região com um questionário de perguntas como: Qual sua marca de pão predileta? Quais são os cosméticos que usa? Que medicamentos usa, como tônicos, sedativos etc.? Hoje as pessoas estão condicionadas a responder questionários e quase nunca reclamam.

"Aí vem a última etapa. Simples, ousada, bem-sucedida! A única ação realizada em pessoa por quem planejou todo o esquema. Ele pode ser um sujeito vestido com o uniforme de porteiro de um hotel, ou o responsável pela medição do consumo de gás e de eletricidade. Pode ser o encanador, o eletricista ou um prestador de serviços desse tipo. Seja lá o que for, ele estará munido do que parecem ser credenciais verdadeiras, no caso de a vítima solicitá-las, pois a maioria das pessoas não faz isso. Seu verdadeiro objetivo é simples: substituir um produto que ele leva consigo por outro que a vítima usa (uma informação obtida por conta dos questionários). Ele pode consertar o encanamento, examinar os medidores ou testar a pressão da água, mas seu verdadeiro objetivo é esse. Cumprida a tarefa, ele vai embora e nunca mais é visto naquela região.

"Talvez nada aconteça durante alguns dias. Mas, mais cedo ou mais tarde, a vítima apresenta sintomas de uma doença. O médico aparece, mas não há motivo para suspeitar de algo fora do comum. Ele pergunta que tipo de comida ou bebida o paciente ingeriu, mas é improvável que suspeite dos produtos cotidianos que o paciente consome há anos.

"O senhor percebe a perfeição do esquema, sr. Venables? A única pessoa que sabe *o que o chefe da organização realmente faz* é o próprio chefe da organização. *Não é possível denunciá-lo.*"

– Então como é que o senhor sabe tanta coisa? – perguntou o sr. Venables, amigavelmente.

– Há maneiras de termos certeza quando suspeitamos de alguém.

– É mesmo? Que maneiras?

– Não precisamos explorar todas elas. Mas há câmeras, por exemplo. Hoje temos uma série de dispositivos disponíveis. Podemos pegar alguém sem que a pessoa suspeite. Temos excelentes fotografias, por exemplo, de um recepcionista uniformizado, de um medidor de gás, e assim por diante. E ainda há artifícios como falsos bigodes, dentes postiços etc., mas o nosso suspeito foi facilmente identificado, primeiro pelo sr. Mark Easterbrook, depois pela srta. Katherine Corrigan, e também por uma mulher chamada Edith Binns. O reconhecimento é algo interessante, sr. Venables. Por exemplo, esse cavalheiro aqui, o sr. Osborne, é capaz de jurar que viu o senhor seguindo o padre Gorman na rua Barton na noite de 7 de outubro por volta das oito da noite.

– E eu o vi *mesmo*! – disse o sr. Osborne, inclinando o corpo para frente, empolgado. – Eu o descrevi em detalhes.

– Talvez com detalhes até demais – disse Lejeune. – E sabe por quê? Porque você *não viu* o sr. Venables naquela noite quando estava parado na porta da farmácia. *Na verdade, você não estava parado lá.* Você mesmo estava do outro lado da rua, seguindo o padre Gorman até que ele virou na rua West, e você se aproximou dele *e o matou...*

– *O quê?* – disse o sr. Zachariah Osborne.

Deve ter sido ridículo. *Era* ridículo. O queixo caído, os olhos vidrados...

– Deixe-me apresentá-lo, sr. Venables, ao sr. Zachariah Osborne, farmacêutico, antigo morador da rua Barton, em Paddington. Você ficará interessado nele quando eu disser que o sr. Osborne, que temos observado há algum tempo, foi burro o suficiente para colocar um pacotinho de sais de tálio na sua estufa. Sem saber da sua deficiência, ele se divertiu colocando o senhor como vilão da história; e por ser um sujeito muito obstinado, além de muito estúpido, recusou-se a admitir que cometeu um erro grosseiro.

– Estúpido? Como ousa me chamar de *estúpido*? Se você soubesse do que fiz, ou do que posso fazer... eu...

Osborne balançou a cabeça e balbuciou de raiva.

Lejeune deu um resumo cuidadoso do sr. Osborne. Tive a sensação de estar diante de um peixe que acabara de morder o anzol.

– Você não deveria ter tentado ser tão esperto, entende? – disse ele, em tom de reprovação. – Afinal de contas, se tivesse continuado lá, sentado na sua farmácia, e me deixado em paz, eu não estaria aqui agora para lembrá-lo de que tudo o que disser poderá ser usado...

Foi nesse momento que o sr. Osborne começou a gritar.

Capítulo 24

Narrativa de Mark Easterbrook

— Veja bem, Lejeune, há várias coisas que quero saber.

Depois de cumpridas as formalidades, fiquei a sós com Lejeune. Nós nos sentamos com duas canecas de cerveja diante de nós.

— Sim, sr. Easterbrook? Acho que foi uma grande surpresa para você.

— Com toda certeza. Eu estava focado em Venables. Você não me deu pistas!

— Eu não podia me dar a esse luxo, sr. Easterbrook. É preciso guardar essas informações a sete chaves, são complicadas. Mas a verdade é que não sabíamos muito para onde ir. Foi por isso que tivemos de montar o espetáculo daquela maneira, com o apoio de Venables. Tivemos de induzir Osborne ao erro e pegá-lo de repente, na esperança de que ele caísse feito um patinho. E funcionou.

— Ele é maluco? — perguntei.

— Eu diria que, nesse momento, já passou do limite da loucura. Ele nem sempre foi assim, é claro, mas matar pessoas é algo que transforma o ser humano. Faz o assassino se sentir maior e mais poderoso do que a vida, do que o verdadeiro Todo-poderoso, quando na verdade não passa de um asqueroso que acaba de ser descoberto. E quando esse fato lhe é apresentado de repente, o ego simplesmente não suporta. A pessoa grita, discursa e se vangloria do quanto é esperta por ter feito o que fez. Você viu como ele reagiu.

Anuí com a cabeça.

– Então Venables fazia parte da encenação que você montou? – disse eu. – Ele gostou da ideia de cooperar?

– Ele ficou contente, acredito – disse Lejeune. – Além do mais, ele foi impertinente o bastante para dizer que uma mão lava a outra.

– O que ele quis dizer com isso?

– Bem, eu não deveria estar contando, é uma informação confidencial – disse Lejeune. – Há cerca de oito anos, houve uma epidemia de assaltos a bancos. A mesma técnica era usada em todos os assaltos. E eles conseguiam se livrar! Os ataques eram planejados cuidadosamente por alguém que não se envolvia na operação real, e esse cara fugiu com muito dinheiro. Tivemos algumas suspeitas de quem ele era, mas nada que se pudesse provar. Ele era esperto demais, principalmente na questão financeira, e mais esperto ainda por nunca mais fazer outro assalto. Não vou dizer mais nada. Ele era um vigarista, mas não era um assassino. Ninguém morreu.

Lembrei-me na mesma hora de Zachariah Osborne.

– Vocês sempre suspeitaram de Osborne? – perguntei. – Desde o início?

– Bem, ele chamou a atenção para si próprio – disse Lejeune. – Como eu disse, se ele tivesse ficado quieto no canto dele, jamais sonharíamos em suspeitar que o sr. Zachariah Osborne, um farmacêutico respeitável, tinha algo a ver com o caso. Mas é engraçado, pois é exatamente isso o que os assassinos fazem. Eles ficam lá, quietos, seguros em casa. Mas, sei lá por que, não conseguem ficar de bico calado.

– O desejo pela morte – sugeri. – Uma variável do tema de Thyrza Grey.

– Quanto mais rápido você esquecer da srta. Thyrza Grey e de tudo o que ela lhe disse, melhor – disse Lejeune em um tom severo. Em seguida, prosseguiu, pensativo: – Bom... Acho que uma explicação possível é a solidão, sabe? Você sabe que é um camarada esperto, mas não tem com quem compartilhar isso.

– Você não me contou quando começou a suspeitar dele – disse eu.

– Bem, desde quando ele começou a falar mentiras. Pedimos para que as pessoas que tivessem visto o padre Gorman naquela noite entrassem em contato conosco. O sr. Osborne entrou em contato, e a declaração que deu era nitidamente falsa. Ele disse ter visto alguém seguindo o padre Gorman e deu as características do homem, mas era impossível ele ter visto de fato o sujeito numa noite de neblina. Talvez ele conseguisse ver o nariz adunco, mas o pomo de adão já era demais. É claro, foi uma mentira bem inocente. O sr. Osborne só queria se sentir importante. Há muitas pessoas assim. Acontece que isso só voltou minha atenção para ele, um sujeito bastante curioso. Do nada, ele começou a me contar várias coisas sobre si, o que também não foi sábio. Descreveu-se como um homem que sempre quis ser mais importante do que era. Ele não estava feliz em cuidar do velho negócio que herdou do pai. Saiu de casa e tentou ganhar a vida nos palcos, mas obviamente não conseguiu. Suponho que isso tenha acontecido porque ele não obedecia à produção, não aceitava que lhe dissessem como deveria representar um papel! É provável que estivesse sendo sincero quando disse que seu sonho era ser testemunha em um tribunal, identificando com sucesso um comprador de veneno na sua farmácia. Acho que o raciocínio dele ia por aí. É claro, não sabemos quando ele teve a ideia de se tornar um grande criminoso, um sujeito esperto o suficiente para não ser julgado pela justiça.

"Mas tudo isso são conjecturas. Voltando um pouco. A descrição que Osborne deu do homem que viu naquela noite era interessante. Obviamente se tratava da descrição de uma pessoa real com quem ele se encontrara uma vez. É extremamente difícil, sabe, fazer a descrição de alguém. Olhos, nariz, queixo, postura e tudo o mais. Se você tentar, verá que, inconscientemente, está descrevendo alguém com quem se deparou em algum lugar, como um ônibus ou trem. Era nítido que Osborne estava descrevendo uma pessoa de características incomuns. Eu diria que um dia ele viu Venables sentado no carro em Bournemouth e ficou surpreso com a aparência dele; se foi algo assim que aconteceu, ele não teria como perceber que ele era paralítico.

"Outro detalhe que despertou meu interesse por Osborne foi o fato de ele ser farmacêutico. Imaginei que a lista que tínhamos pudesse ter alguma ligação com o tráfico de drogas em algum lugar. Na verdade, não era nada disso, e eu teria me esquecido dele se o próprio sr. Osborne não estivesse tão determinado a continuar com a encenação. Veja bem, ele queria saber exatamente o que fazíamos, por isso escreveu para dizer que viu o homem em questão em uma quermesse em Much Deeping. Ele ainda não sabia que o sr. Venables era paralítico. Quando descobriu, não teve a inteligência para se calar. Esse foi o erro dele, um erro típico dos criminosos. Ele não seria capaz de admitir por um momento sequer que estava errado. Como um completo idiota, continuou teimando em sugerir todo tipo de teoria absurda. Fiz uma visita muito interessante a ele em seu chalé em Bournemouth. O nome do chalé era uma boa pista. Everest. Na sala tinha uma foto do monte Everest. Ele me contou que tinha muito interesse na exploração do Himalaia. Era o tipo de piada barata de que ele gostava: "ever rest", descanso eterno. Essa era a profissão dele, o negócio dele. Ele dava às pessoas o descanso eterno em troca de um pagamento apropriado. Precisamos reconhecer o mérito dessa ideia, pois todo o esquema era muito inteligente. Bradley em Birmingham. Thyrza Grey executando sessões em Much

Deeping. Ninguém suspeitaria de que o sr. Osborne tivesse ligação com Thyrza Grey, com Bradley, muito menos com as vítimas. A verdadeira mecânica de todo o esquema era uma brincadeira de farmacêutico. Como eu disse, se o sr. Osborne tivesse ficado calado..."

– Mas o que ele faz com o dinheiro? – perguntei. – Afinal de contas, ele supostamente fazia isso por dinheiro, não?

– Sim, ele fazia por dinheiro. Sem dúvida ele tinha grandes planos futuros, viagens para o exterior, diversão, queria ser rico, uma pessoa importante. Mas é claro que ele não era a pessoa que imaginava ser. Acho que sua noção de poder ficou maior com os assassinatos. Livrar-se das pessoas o intoxicou, e, além disso, ele vai adorar estar no banco dos réus, você vai ver. O centro das atenções, com todos os olhares voltados para ele.

– Mas o que ele *faz* com o dinheiro? – perguntei.

– Ah, isso é muito simples – disse Lejeune –, embora eu não saiba o que teria pensado se não tivesse percebido como ele mobiliava o chalé. Ele era um sovina, é claro. Adorava dinheiro e queria dinheiro, mas não para gastar. O chalé tinha pouquíssima mobília, e tudo comprado em liquidações baratas. Ele não gostava de gastar, ele só queria *ter*.

– Então ele colocava tudo no banco?

– Não – disse Lejeune. – Acho que encontraremos o dinheiro em algum lugar no assoalho do chalé.

Tanto eu quanto Lejeune ficamos em silêncio durante alguns minutos enquanto eu lembrava-me da estranha criatura que era Zachariah Osborne.

– Corrigan – disse Lejeune, pensativo – diria que Osborne fez tudo isso por causa de alguma glândula no baço, no pâncreas ou por conta do funcionamento excessivo de algum órgão, nunca consigo me lembrar qual. Sou um homem simples, acho que ele não passa de um cara mau... o que me deixa transtornado. Aliás, o que sempre me deixa assim é o fato de um homem ser tão esperto e, ao mesmo tempo, tão idiota.

– As pessoas imaginam os grandes mestres como uma figura maligna, sinistra e grandiosa – disse eu.

Lejeune balançou a cabeça.

– Não é bem assim – disse ele. – O mal não é uma coisa sobre-humana, e sim uma coisa *abaixo* de qualquer humanidade. O criminoso quer ser importante, mas nunca o será, porque jamais deixará de ser menos do que um homem.

Capítulo 25

Narrativa de Mark Easterbrook

I

Em Much Deeping, tudo estava reconfortantemente normal.

Rhoda cuidava dos cães, acho que dessa vez dando vermífugos. Ela levantou a cabeça quando cheguei e me perguntou se eu queria ajudá-la. Disse que não poderia no momento e perguntei onde estava Ginger.

— Ela foi ao Cavalo Amarelo.
— *O quê?*
— Disse que tinha uma coisa para fazer lá.
— Mas a casa está vazia.
— Eu sei.
— Ela vai ficar exausta, ainda não se recuperou o bastante.
— Não se preocupe à toa, Mark. Ela está ótima. Você viu o novo livro da sra. Oliver? Chama-se *A cacatua branca*. Está em cima da mesa.
— Deus abençoe a sra. Oliver. E também Edith Binns.
— Quem é Edith Binns?
— Ela identificou uma fotografia. Além disso, foi uma fiel empregada da minha madrinha.
— Nada do que você diz parece ter sentido. O que há de errado com você?

Eu não respondi e saí a caminho do Cavalo Amarelo.

Antes de chegar lá, encontrei a sra. Dane Calthrop, que me cumprimentou com entusiasmo.

— Eu sabia desde o início que estava sendo estúpida — disse ela. — Mas não entendia como. Sabia que estava me deixando levar por um truque barato.

Ela estendeu o braço em direção à hospedaria, vazia e tranquila sob a luz do final do outono.

– A maldade nunca esteve lá, não da forma como imaginávamos. Nada de pactos com o demônio, nada de magia negra e maligna. Apenas truques baratos a troco de dinheiro, desprezando completamente a vida humana. Essa é a verdadeira maldade. Nada grandioso, e sim desprezível e mesquinho.

– Você e o inspetor Lejeune parecem ter a mesma visão das coisas.

– Eu gosto dele – disse a sra. Dane Calthrop. – Vamos até o Cavalo Amarelo encontrar Ginger.

– O que ela está fazendo lá?

– Limpando alguma coisa.

Atravessamos a entrada baixa e sentimos um cheiro forte de terebintina no ar. Ginger estava mexendo com panos e garrafas e levantou a cabeça quando entramos. Ela ainda estava pálida e magra, com um lenço em volta da cabeça para cobrir os lugares onde o cabelo ainda não tinha nascido de novo. Uma imagem um pouco distante da Ginger que eu conhecia.

– *Ela* está ótima – disse a sra. Dane Calthrop, lendo meus pensamentos, como sempre.

– Vejam! – disse Ginger, triunfante, mostrando a velha plaqueta na qual estava trabalhando.

A fuligem do tempo havia sido removida, a figura de um cavaleiro sobre o cavalo agora era plenamente visível. Um esqueleto sorridente com ossos reluzentes.

A sra. Dane Calthrop falou atrás de mim com um tom de voz profundo e sonoro.

– Apocalipse, Capítulo seis, Versículo oito: "E vi aparecer um cavalo amarelo. Seu nome era Morte, e o mundo dos mortos o acompanhava...".

Ficamos em silêncio por um momento, até que a sra. Dane Calthrop, que não hesitava em ser áspera, disse:

– Então é isso! – Seu tom de voz tinha a intensidade de quem acaba de jogar alguma coisa no lixo. – Preciso ir embora. Tenho de participar do encontro de mães.

Ela parou na porta, acenou com a cabeça para Ginger e disse, do nada:

– Você será uma ótima mãe.

Por alguma razão, o rosto de Ginger enrubesceu...

– Você quer isso mesmo, Ginger? – disse eu.

– Quero o quê? Ser uma boa mãe?

– Você sabe o que quero dizer.

– Talvez... mas antes prefiro receber uma proposta mais concreta.

E foi essa a proposta que fiz a ela.

II

Após algum tempo, Ginger perguntou:

– Tem certeza de que não quer se casar com Hermia?

– Deus me livre! – disse eu. – Nem me lembrava dela.

Tirei uma carta do bolso.

– Recebi esta carta dela há três dias, perguntando se eu queria acompanhá-la ao Old Vic para assistir *Trabalhos de amor perdidos*.

Ginger pegou a carta da minha mão, rasgando-a.

– Se quiser voltar ao Old Vic algum dia – disse ela, incisiva –, terá de ser comigo.

Livros de Agatha Christie publicados pela **L&PM** EDITORES

O homem do terno marrom
O segredo de Chimneys
O mistério dos sete relógios
O misterioso sr. Quin
O mistério Sittaford
O cão da morte
Por que não pediram a Evans?
O detetive Parker Pyne
É fácil matar
Hora Zero
E no final a morte
Um brinde de cianureto
Testemunha de acusação e outras histórias
A Casa Torta
Aventura em Bagdá
Um destino ignorado
A teia da aranha (com Charles Osborne)
Punição para a inocência
O Cavalo Amarelo
Noite sem fim
Passageiro para Frankfurt
A mina de ouro e outras histórias

MEMÓRIAS
Autobiografia

MISTÉRIOS DE HERCULE POIROT

Os Quatro Grandes
O mistério do Trem Azul
A Casa do Penhasco
Treze à mesa
Assassinato no Expresso Oriente
Tragédia em três atos
Morte nas nuvens
Os crimes ABC
Morte na Mesopotâmia
Cartas na mesa
Assassinato no beco
Poirot perde uma cliente
Morte no Nilo
Encontro com a morte
O Natal de Poirot
Cipreste triste
Uma dose mortal
Morte na praia
A Mansão Hollow
Os trabalhos de Hércules
Seguindo a correnteza
A morte da sra. McGinty
Depois do funeral
Morte na rua Hickory
A extravagância do morto
Um gato entre os pombos
A aventura do pudim de Natal
A terceira moça
A noite das bruxas
Os elefantes não esquecem
Os primeiros casos de Poirot
Cai o pano: o último caso de Poirot
Poirot e o mistério da arca espanhola e outras histórias
Poirot sempre espera e outras histórias

MISTÉRIOS DE MISS MARPLE

Assassinato na casa do pastor
Os treze problemas

Um corpo na biblioteca
A mão misteriosa
Convite para um homicídio
Um passe de mágica
Um punhado de centeio
Testemunha ocular do crime
A maldição do espelho
Mistério no Caribe
O caso do Hotel Bertram
Nêmesis
Um crime adormecido
Os últimos casos de Miss Marple

MISTÉRIOS DE TOMMY & TUPPENCE

O adversário secreto
Sócios no crime
M ou N?
Um pressentimento funesto
Portal do destino

ROMANCES DE MARY WESTMACOTT

Entre dois amores
Retrato inacabado
Ausência na primavera
O conflito
Filha é filha
O fardo

TEATRO

Akhenaton
Testemunha de acusação e outras peças
E não sobrou nenhum e outras peças

ANTOLOGIAS DE ROMANCES E CONTOS

Mistérios dos anos 20
Mistérios dos anos 30
Mistérios dos anos 40
Mistérios dos anos 50
Mistérios dos anos 60

Miss Marple: todos os romances v. 1
Poirot: Os crimes perfeitos
Poirot: Quatro casos clássicos

GRAPHIC NOVEL

O adversário secreto
Assassinato no Expresso Oriente
Um corpo na biblioteca
Morte no Nilo

Miss Marple

Agatha Christie

- Um passe de mágica
- Um punhado de centeio
- Assassinato na casa do pastor
- A mão misteriosa
- Um corpo na biblioteca
- Mistério no Caribe

L&PMPOCKET

Agatha Christie

EM TODOS OS FORMATOS

AGORA TAMBÉM EM FORMATO TRADICIONAL (14x21)

© 2016 Agatha Christie Limited. All rights reserved.

L&PM EDITORES

Antologias de romances protagonizados por Miss Marple e Poirot & uma deliciosa autobiografia da Rainha do Crime

EM FORMATO 16x23 CM

Agatha Christie

L&PM EDITORES

lepmeditores
www.lpm.com.br
o site que conta tudo

IMPRESSÃO:

PALLOTTI
GRÁFICA

Santa Maria - RS | Fone: (55) 3220.4500
www.graficapallotti.com.br